suhrkamp taschenbuch 2422

Howard Phillips Lovecraft, einer der großen Innovatoren der phantastischen Literatur, schrieb nicht nur eigene unheimliche Geschichten und Erzählungen, sondern setzte sich auch intensiv mit dem Werk seiner Kollegen und Vorgänger auseinander. 1927 erschien seine Studie *Supernatural Horror in Literature*, die nach wie vor als eine der besten literarhistorischen Einführungen in die Phantastik gelten kann. Die kompakte und kenntnisreiche Darstellung zeichnet die Entwicklung des Genres von den Anfängen des »gotischen« Romans im 18. Jahrhundert bis zu den modernen Meistern der Gruselliteratur wie Arthur Machen, M.R. James und Algernon Blackwood nach. Es zeugt von Lovecrafts großer Belesenheit, daß er dabei auch die deutschen und französischen Phantasten berücksichtigt und sich nicht nur auf den angelsächsischen Sprachraum beschränkt. Edgar Allan Poe, mit dem man Lovecraft verschiedentlich verglichen hat, ist ein eigenes Kapitel gewidmet. Die lebendige Darstellung und die ausgewogenen kritischen Urteile machen diesen literarhistorischen Essay zu einer ebenso aufschlußreichen wie anregenden Lektüre.

Howard Phillips Lovecraft wurde am 20. August 1890 in Providence, Rhode Island, geboren. Er führte das Leben eines Sonderlings, der den Kontakt mit der Außenwelt scheute und mit seinen Freunden und gleichgesinnten Autoren fast nur schriftlich verkehrte. Er starb am 15. März 1937, und sein hinterlassenes Werk ist nicht umfangreich. Zu seinen Lebzeiten erschien nur ein einziges Buch, *The Shadow over Innsmouth*. Etwa 40 Kurzgeschichten und 12 längere Erzählungen veröffentlichte er in Magazinen, vor allem in der Zeitschrift »Weird Tales« (Unheimliche Geschichten). Lovecrafts Ruhm als Meister des Makabren ist ständig gewachsen, und seine unheimlichen Geschichten wurden inzwischen in viele Sprachen übersetzt. In deutscher Sprache liegen nunmehr alle seine Erzählungen und zahlreiche Essays im Suhrkamp Taschenbuch Verlag vor.

H. P. Lovecraft
Die Literatur der Angst

Zur Geschichte der Phantastik

Aus dem Amerikanischen
von Michael Koseler

Phantastische Bibliothek
Band 320

Suhrkamp

Redaktion und Beratung: Franz Rottensteiner
Titel der Originalausgabe: *Supernatural Horror in Literature*
Umschlagillustration: Hans-Jörg Brehm

suhrkamp taschenbuch 2422
Erstausgabe
Erste Auflage 1995

Satz: Hümmer, Waldbüttelbrunn
Druck: Nomos Verlagsgesellschaft, Baden-Baden
Printed in Germany
Umschlag nach Entwürfen von
Willy Fleckhaus und Rolf Staudt

1 2 3 4 5 6 – 00 99 98 97 96 95

Inhalt

Einleitung 7
Die Anfänge der Horrorerzählung 13
Der frühe gotische Roman 21
Der Höhepunkt des gotischen Romans 30
Die Auswirkungen des gotischen Romans 39
Phantastische Literatur auf dem Kontinent 52
Edgar Allan Poe 61
Die Tradition des Unheimlich-Übernatürlichen in Amerika 72
Die Tradition des Unheimlich-Übernatürlichen auf den Britischen Inseln 94
Die modernen Meister 109

Anhang
Literaturhinweise 141
Personen- und Werkregister 144

Einleitung

Die älteste und stärkste menschliche Gefühlsregung ist die Angst, und die älteste und stärkste Art von Angst ist die Angst vor dem Unbekannten. Diese Tatsachen werden nur wenige Psychologen in Abrede stellen, und ihre allgemein anerkannte Wahrheit muß für alle Zeiten die Seriosität und den Rang der unheimlich-übernatürlichen Horrorerzählung als literarische Form festlegen. Ein blasierter Materialismus, der nur häufig empfundene Gefühle und äußerliche Ereignisse gelten läßt, und ein ebenso naiver wie fader Idealismus, der ästhetische Motive mißbilligt und nach einer didaktischen Literatur ruft, die das Niveau des Lesers angemessen »heben« und ihn mit einfältigem Optimismus erfüllen soll, beschießen die unheimlich-übernatürliche Erzählung aus allen Rohren. Doch all dieser Opposition zum Trotz hat sie sich behauptet, sich fortentwickelt und beachtliche Gipfel der Perfektion erreicht, basiert sie doch auf einer bedeutsamen Grundwahrheit, die zwar keine universelle Anziehungskraft hat, indes auf Gemüter, welche die erforderliche Sensibilität besitzen, zwangsläufig einen starken und permanenten Reiz ausübt.

Die Anziehungskraft des Gespenstisch-Makabren ist im allgemeinen begrenzt, denn es verlangt vom Leser ein gewisses Maß an Einbildungskraft und die Fähigkeit, sich vom Alltagsleben zu lösen. Verhältnismäßig wenige Menschen sind vom Bann der täglichen Routine so weit frei, daß sie auf Klopfzeichen von »draußen« reagieren, und Erzählungen, die von normalen Gefühlen und Ereignissen handeln oder solche Gefühle und Ereignisse in sentimentaler Verzerrung darstellen, werden im Geschmack der Mehrheit immer den ersten Platz einnehmen – und das vielleicht zu Recht, da diese normalen Dinge natürlich den überwiegenden Teil der menschlichen Erfahrung ausmachen. Doch immer gibt es unter uns auch Menschen, die besonders feinfühlig sind, und manchmal befällt eine seltsame Anwandlung von Phantasie einen dunklen Winkel selbst des nüchternsten Kopfes, so daß kein noch so großer Aufwand an rationaler Erklärung, Reform oder Freudscher Analyse es vermag, den Schauder, den ein Gewisper in der Kaminecke oder ein einsamer Wald auslöst, gänzlich aus der Welt zu schaffen. Hier kommt ein psychisches Verhaltensmuster beziehungsweise eine überlieferte Verhaltensweise zum Tragen, die so real ist und so tief im geistig-seelischen Erleben verwurzelt wie jedes andere Verhaltensmuster oder jede andere überlieferte Verhaltensweise des Menschen; dieses Verhaltensmuster entstand zur gleichen Zeit wie das religiöse Empfinden und ist mit vielen seiner Aspekte eng verknüpft, und es stellt einen zu festen Bestandteil unseres grundlegenden biologischen Erbes dar, als daß es seine zwingende Macht über eine außerordentlich bedeutende, wenn auch zahlenmäßig nicht große Minderheit unserer Spezies verlieren könnte.

Die ersten Instinkte und Gefühlsregungen des Menschen formten seine Reaktion auf die Umwelt, in der er sich befand. Gegenüber den Erscheinungen, deren Ursachen und Wirkungen er verstand, entwickelte er festumrissene, auf Lust und Schmerz basierende Gefühle, während um die Erscheinungen, die er nicht verstand – und von solchen wimmelte das Universum in der Frühzeit –, naturgemäß ein Gespinst von Personifikationen, wundersamen Deutungen und Empfindungen der Ehrfurcht und Angst gewoben wurde, das so beschaffen war, wie man es von einer Rasse, die über nur wenige und simple Vorstellungen und beschränkte Erfahrungen verfügte, erwarten würde. Das Unbekannte, das gleichermaßen das Unvorhersagbare war, wurde für unsere primitiven Vorfahren zu einer schrecklichen und allmächtigen Quelle von Wohltaten und Katastrophen, die aus unerfindlichen und gänzlich außerirdischen Gründen über die Menschheit kamen und deshalb eindeutig zu Existenzsphären gehörten, von denen wir nichts wissen und an denen wir keinen Anteil haben. Das Phänomen des Träumens trug ebenfalls dazu bei, die Vorstellung von einer unwirklichen oder spirituellen Welt entstehen zu lassen, und generell waren alle Bedingungen des primitiven Urzeitlebens dem Glauben an das Übernatürliche derart förderlich, daß wir uns nicht zu wundern brauchen, wie gründlich die erbliche Natur des Menschen mit Religion und Aberglaube gesättigt ist. Diese Sättigung, eine offenkundige wissenschaftliche Tatsache, muß, soweit sie das Unterbewußtsein und die elementaren Instinkte betrifft, praktisch als permanent angesehen werden, denn obwohl der Bereich des Unbekannten seit Jahrtausenden ständig schrumpft, ist doch der größte Teil des Weltalls immer noch von unendlich vielen Geheimnissen umgeben, während all den Objekten und Prozessen, die früher einmal geheimnisvoll waren, ein beträchtlicher Restbestand von wirkungsmächtigen ererbten Assoziationen anhaftet, wie gut auch immer diese Dinge heute erklärt werden mögen. Und überdies sind die alten Instinkte in unserem Nervengewebe sogar physiologisch verankert, so daß sie selbst dann insgeheim wirksam würden, wenn man das Bewußtsein von allen Quellen der Verwunderung und des Staunens reinigte.

Weil wir uns an Schmerz und Todesgefahr lebhafter erinnern als an angenehme Dinge und weil unsere Gefühle gegenüber den wohltätigen Aspekten des Unbekannten von Anfang an durch konventionelle religiöse Rituale mit Beschlag belegt und formalisiert wurden, ist es der dunkleren und bösartigeren Seite des kosmischen Mysteriums zugefallen, in unserer populären Folklore des Übernatürlichen die dominante Rolle zu spielen. Diese Tendenz wird natürlich auch durch den Umstand verstärkt, daß Ungewißheit und Gefahr immer eng miteinander verknüpft sind; dergestalt wird jede Art von unbekannter Welt zu einer gefährlichen Welt, in der überall das Böse lauern kann. Wenn dann zu diesem Gefühl der Angst und diesem Bewußtsein des Bösen noch die unvermeidliche Faszination des Staunens und der Neugier hinzukommt, entsteht ein Komplex von intensiven Emotionen und Phantasiereizungen, der zwangsläufig so lange Bestand haben wird wie die menschliche Rasse selbst. Kinder werden sich immer vor der Dunkelheit fürchten, und Menschen, deren Gemüt für ererbte Regungen empfänglich ist, werden immer erzittern bei dem Gedanken an die verborgenen und unermeßlichen Welten fremden Lebens, das vielleicht in den abgründigen Tiefen des Raums jenseits der Sterne pulsiert oder in gräßlicher Weise auf unserer Erde lastet – in blasphemischen Dimensionen, von denen nur die Toten und die Wahnsinnigen einen flüchtigen Blick erhaschen können.

Angesichts dieser Grundlage braucht sich niemand über das Vorhandensein einer Literatur zu wundern, die

die kosmische Angst zum Gegenstand hat. Diese Literatur hat es immer gegeben, und es wird sie immer geben; und für ihre zähe Kraft läßt sich kein besserer Beweis anführen als der Impuls, der dann und wann Schriftsteller mit völlig entgegengesetzten Tendenzen veranlaßt, sich mit vereinzelten Erzählungen in diesem Genre zu versuchen, so als wollten sie damit ihr Gemüt von bestimmten gespenstischen Gebilden befreien, vor denen sie andernfalls keine Ruhe finden würden. So schrieb Dickens mehrere unheimliche Geschichten, Browning das gräßliche Gedicht »Childe Roland«, Henry James *The Turn of the Screw*, Dr. Holmes den subtilen Roman *Elsie Venner*, F. Marion Crawford »The Upper Berth« und verschiedene andere Texte dieser Art; von der Sozialreformerin Charlotte Perkins Gilman stammt »The Yellow Wall Paper«, während der Humorist W. W. Jacobs jenes vortreffliche kleine melodramatische Werk mit dem Titel »The Monkey's Paw« verfaßte.

Dieser Typ von Angst-Literatur darf nicht mit einem Typ verwechselt werden, der ihm äußerlich zwar ähnelt, psychologisch jedoch völlig anders geartet ist, nämlich mit der Literatur, in der es um bloße physische Angst geht und in der das Grauen irdische Ursachen hat. Gewiß haben Werke dieser Kategorie ebenso ihren Stellenwert wie die konventionelle oder gar skurrile oder humoristische Gespenstergeschichte, in der die formale Gestaltung oder das wissende Augenzwinkern des Autors das echte Fluidum des auf schauerliche Weise Unnatürlichen aufhebt; doch diese Dinge gehören nicht zur Literatur kosmischer Angst in ihrem reinsten Sinne. Die echte unheimlich-übernatürliche Erzählung hat etwas mehr zu bieten als heimlichen Mord, blutige Gebeine oder eine in Laken gehüllte Gestalt, die vorschriftsgemäß mit den Ketten rasselt. Eine bestimmte Atmosphäre atemloser und unerklärlicher Furcht vor äußeren, unbekannten Mächten muß vorhanden sein, und die schrecklichste Vorstellung, die das menschliche Gehirn befallen kann – nämlich die Vorstellung von einer unheilvollen und punktuellen Aufhebung oder Ausschaltung jener unveränderlichen Naturgesetze, die unseren einzigen Schutz gegen die Attacken des Chaos und der Dämonen des unergründlichen Weltraums darstellen –, muß angedeutet und mit einer dem Gegenstand angemessenen Ernsthaftigkeit und Gewichtigkeit zum Ausdruck gebracht werden.

Natürlich können wir nicht erwarten, daß alle unheimlich-übernatürlichen Erzählungen hundertprozentig irgendeinem theoretischen Modell entsprechen. Kreative Geister sind Schwankungen unterworfen, und auch die besten Gewebe haben glanzlose Stellen. Überdies kommen viele der erlesensten unheimlich-übernatürlichen Texte unbewußt zustande und tauchen als unvergeßliche Fragmente verstreut in Werken auf, deren Gesamteffekt völlig anderer Art sein mag. Atmosphäre ist das allerwichtigste, denn das entscheidende Kriterium der Authentizität ist nicht die Konstruktion eines Plots, sondern die Schaffung einer bestimmten Empfindung. Allgemein läßt sich sagen, daß eine unheimlich-übernatürliche Geschichte, die belehren oder eine soziale Wirkung hervorrufen will, oder eine, in der alle grauenvollen Dinge schließlich auf natürliche Weise erklärt werden, keine genuine Erzählung von kosmischer Angst ist; gleichwohl bleibt es eine Tatsache, daß solche Erzählungen in einzelnen Abschnitten oft atmosphärische Züge aufweisen, die jede Bedingung einer echten Literatur des übernatürlichen Grauens erfüllen. Deshalb dürfen wir eine unheimlich-übernatürliche Erzählung nicht nach der Absicht des Autors oder nach der bloßen Konstruktion des Plots beurteilen, sondern müssen uns an der emotionalen Ebene orientieren, die sie an ihrem unirdischsten Punkt erreicht. Wenn die richtigen Empfindungen geweckt werden, muß man einen solchen »Höhepunkt« für sich betrachtet als unheimlich-übernatürliche Literatur gelten lassen, ganz gleich, in welche prosaischen Niederungen das Ganze dann später hinabgezogen wird. Der einzige Prüfstein für das wahrhaft Unheimlich-Übernatürliche ist ganz einfach die Frage, ob im Leser ein tiefes Gefühl der Furcht hervorgerufen wird, ein Gefühl, mit unbekannten Sphären und Mächten in Berührung zu kommen, eine aufmerksame Haltung furchtsamen Lauschens, als erwarte man das Schlagen schwarzer Flügel zu hören oder die Kratzgeräusche, die außerweltliche Gestalten und Wesen am äußersten Rand des bekannten Universums machen. Und natürlich: je vollkommener und geschlossener eine Geschichte diese Atmosphäre vermittelt, desto besser ist sie als Kunstwerk in dem gegebenen Genre.

Die Anfänge der Horrorerzählung

Wie von einer so eng mit Urgefühlen verknüpften Form nicht anders zu erwarten, ist die Horrorerzählung so alt wie das menschliche Denken und die menschliche Sprache.

Kosmischer Schrecken bildet einen Bestandteil der frühesten Folklore aller Rassen und hat in den archaischsten Balladen, Chroniken und heiligen Schriften seinen Niederschlag gefunden. Er war sogar ein hervorstechendes Merkmal der komplizierten zeremoniellen Magie, die, mit all ihren Ritualen zur Beschwörung von Dämonen und Geistern, bereits in vorgeschichtlicher Zeit in Blüte stand und in Ägypten sowie bei den semitischen Völkern ihre höchste Entwicklungsstufe erreichte. Werke wie das *Buch Henoch* und die *Claviculae* Salomons veranschaulichen sehr gut, welche Macht das Unheimlich-Übernatürliche auf den Geist des alten Orients ausübte, und auf der Basis derartiger Dinge entstanden dauerhafte Systeme und Traditionen, deren Echos untergründig sogar bis in die Gegenwart nachhallen. In der klassischen Literatur lassen sich Spuren dieser transzendenten Angst feststellen, und vieles deutet darauf hin, daß sie noch stärkeren Ausdruck in der Balladenliteratur fand, die sich parallel zum Strom der klassischen Literatur entwickelte, dann aber verlorenging, da sie nicht schriftlich festgehalten wurde. Das in phantasieträchtige Dunkelheit getauchte Mittelalter gab den Äußerungen dieser Angst einen gewaltigen Impuls, und der Osten wie der Westen waren gleichermaßen damit beschäftigt, das auf sie gekommene dunkle Erbe – sowohl der wild wuchernden Folklore als auch der gelehrt systematisierten Magie und Kabbalistik – zu wahren und zu mehren. Hexe, Werwolf, Vampir und Ghul spukten unheilschwanger in den Köpfen von Barden und alten Frauen und bedurften nur geringer Ermunterung, um den letzten Schritt über die Grenze zu machen, die die gesungene Erzählung oder das Lied von der formgebundenen literarischen Komposition trennt. Im Orient neigten die unheimlich-übernatürlichen Erzählungen dazu, ein glänzendes Kolorit und eine enorme Spritzigkeit anzunehmen, die sie fast in reine Phantasien verwandelten. Im Abendland, wo der zum Mystischen tendierende Teutone aus seinen schwarzen nördlichen Wäldern nach Süden gekommen war und der Kelte sich an seltsame Opferhandlungen in Druidenhainen erinnerte, nahmen sie eine furchtbare Intensität und eine überzeugende Ernsthaftigkeit der Atmosphäre an, die die Wirkung ihrer halb ausgesprochenen, halb angedeuteten Schrecken verdoppelten.

Einen Großteil seiner Potenz verdankte der überlieferte abendländische Fundus des Grauens zweifellos der geheimen, wenn auch oft vermuteten Existenz eines gräßlichen Kults, den seine Anhänger nachts vollzogen und dessen seltsame Bräuche – überkommen aus vorarischen und vor-agrarischen Zeiten, als eine untersetzte mongoloide Rasse Europa mit ihren Herden durchstreifte – in ungemein abstoßenden, unsäglich alten Fruchtbarkeitsriten wurzelten. Diese Geheimreligion wurde jahrtausendelang unter den Bauern heimlich weitergegeben, obwohl in den betreffenden Regionen nach außen hin der druidische, griechisch-römische und christliche Glaube herrschte, und war durch wilde »Hexensabbate« gekennzeichnet, die in der Walpurgisnacht und am Abend vor Allerheiligen – den herkömmlichen Paarungszeiten von Ziegen, Schafen und Rindern – in einsamen Wäldern und auf den Gipfeln abgelegener Berge stattfanden; sie wurde zur Quelle eines reichen Schatzes von Sagen über Hexen und Zauberer und rief überdies ausgedehnte Hexenverfolgungen hervor, von denen die Ereignisse in Salem das wichtigste amerikanische Beispiel darstellen. Damit wesensverwandt und vielleicht auch in Wirklichkeit damit verbunden war das entsetzliche Geheimsystem einer invertierten Theologie beziehungsweise der Satansanbetung, das solche grauenvollen Dinge wie die berüchtigte »Schwarze Messe« hervorbrachte; da sie in die gleiche Richtung wirkten, können wir hier auch die Aktivitäten all jener anführen, deren Ziele ein wenig wissenschaftlicher oder philosophischer waren – gemeint sind die in solchen primitiven Epochen immer überreichlich auftretenden Astrologen, Kabbalisten und Alchemisten vom Schlage eines Albertus Magnus oder eines Raimundus Lullus. In welch umfassendem und starkem Maße das mittelalterliche Europa vom Geist des Grauens durchdrungen war – ein Umstand, der durch die düstere Verzweiflung, die Wellen von Pestilenz hervorriefen, noch verstärkt wurde –, läßt sich recht gut an den grotesken Skulpturen ermessen, die heimlich vielen der schönsten spätgotischen Kirchenbauten der Zeit beigefügt wurden; zu den berühmtesten Beispielen gehören die dämonischen Wasserspeier von Notre-Dame und Mont St. Michel. Und man darf nicht vergessen, daß die ganze Epoche hindurch unter Gebildeten wie Ungebildeten ein durchweg bedingungsloser Glaube an jegliche Form des Übernatürlichen herrschte, der die sanfteste christliche Doktrin ebenso einschloß wie die morbidesten Ungeheuerlichkeiten der Hexerei und schwarzen Magie. Die Magier und Alchemisten der Renaissance – Nostradamus, Trithemius, Dr. John Dee, Robert Fludd und ihresgleichen – gingen keineswegs aus dem Nichts hervor.

Auf diesem fruchtbaren Boden gediehen Typen und

Gestalten düsterer Mythen und Sagen, die bis zum heutigen Tage in der unheimlich-übernatürlichen Literatur fortleben, mehr oder weniger verhüllt oder verändert durch moderne Erzähltechniken. Viele von ihnen entstammen den frühesten mündlichen Quellen und gehören zum unvergänglichen Erbe der Menschheit. Das Gespenst, das erscheint und die Bestattung seiner Gebeine verlangt, der Geisterbräutigam, der kommt, um seine noch lebende Braut zu holen, der Todesdämon oder Psychopomp, der auf dem Nachtwind reitet, der Mannwolf, die verschlossene Kammer, der unsterbliche Zauberer – all das findet sich in jenem eigenartigen Korpus mittelalterlichen Sagenguts, das der verstorbene Mr. Baring-Gould so eindrucksvoll in Buchform zusammengestellt hat. Wo immer das mystische nordische Blut am stärksten war, wurde die Atmosphäre der volkstümlichen Erzählungen am dichtesten, denn die romanischen Rassen haben einen Zug elementarer Rationalität, der selbst ihrem merkwürdigsten Aberglauben viele der magischen Untertöne versagt, die für unser eigenes, waldgeborenes und eisgenährtes Geraune so charakteristisch sind.

So wie alles Erdichtete und Erdachte zuerst in der Poesie extensiv zur Darstellung gelangte, so ist es auch die Poesie, in die das Unheimlich-Übernatürliche zuerst Eingang fand, um dann einen festen Platz in der Hochliteratur einzunehmen. Die meisten Beispiele, die wir aus der Antike kennen, entstammen jedoch merkwürdigerweise der Prosaliteratur – so die Werwolf-Episode bei Petronius, die schaurigen Passagen bei Apuleius, der kurze, aber berühmte Brief von Plinius dem Jüngeren an Sura und das sonderbare Sammelwerk, das Phlegon, ein freigelassener griechischer Sklave Kaiser Hadrians, unter dem Titel *Über wundersame Ereignisse* zusammenstellte. Bei Phlegon begegnen wir zum erstenmal jener gräßlichen Geschichte von der Leichenbraut (»Philinnion und Machates«), die später dann auch von Proklos erzählt wurde und in neuerer Zeit Goethe zu seiner »Braut von Korinth« und Washington Irving zu seinem »Adventure of the German Student« anregte. Doch zu der Zeit, als die alten nordischen Mythen literarische Form annehmen, und in jener späteren Zeit, da das Unheimlich-Übernatürliche in der Literatur des Tages als ständiges Element in Erscheinung tritt, begegnen wir ihm hauptsächlich in metrischem Gewand, wie ja überhaupt der überwiegende Teil der im strengen Sinne fiktionalen Literatur des Mittelalters und der Renaissance metrisch gebunden ist. Aus den skandinavischen Eddas und Sagas spricht ein überwältigendes kosmisches Grauen, und in ihnen bebt die nackte Angst vor Ymir und seiner mißgestalteten Brut, während unser angelsächsischer *Beowulf* und die späteren kontinentalen Nibelungensagen voll von schauerlicher Unheimlichkeit sind. Dante ist ein Pionier in der klassischen Gestaltung grausiger Atmosphäre, und Spensers erhabene Strophen weisen in der Landschafts- und Figurenzeichnung und in der Handlungsführung nicht wenige Züge phantastischen Schreckens auf. In der Prosaliteratur haben wir Malorys *Mort d'Arthur*, ein Werk, in dem viele grauenerregende Situationen dargestellt werden, die der frühen Balladendichtung entnommen sind – man denke an die Episode, in der Sir Lanzelot dem Toten in der Kapelle der Gefahren sein Schwert und ein Stück seines seidenen Leichentuchs stiehlt, an den Geist Sir Gaweins und den Grabdämon, den Sir Galahad sieht –, während in der billigen Sensationsliteratur, die von Hausierern oder auf der Straße feilgeboten und von den Ungebildeten verschlungen wurde, zweifellos weitere und primitivere Beispiele zu finden sind. Dem elisabethanischen Drama mit seinem *Dr. Faustus*, den Hexen in *Macbeth*, dem Geist in *Hamlet* und der furchtbaren Grausigkeit bei Webster läßt sich unschwer entnehmen, welch große Macht das Dämonische auf das Denken der Allgemeinheit ausübte, eine Macht, die noch verstärkt wurde durch die sehr reale Angst vor zeitgenössischer Hexerei, welche sich zunächst am heftigsten auf dem Kontinent manifestierte, dann jedoch, als die Hexenkampagnen Jakobs des Ersten zunahmen, auch in England immer weiter um sich griff. Zu der im verborgenen blühenden mystischen Prosa der Jahrhunderte gesellt sich nun eine lange Reihe von Abhandlungen über Hexerei und Dämonologie, die dazu beitragen, die Phantasie der lesenden Welt zu erregen.

Das ganze siebzehnte Jahrhundert hindurch und bis ins achtzehnte Jahrhundert hinein entstehen in zunehmender Zahl kurzlebige Sagen und Balladen düsteren Tenors, denen jedoch nach wie vor die Aufnahme in den Bereich der anspruchsvollen und allgemein anerkannten Literatur verwehrt wird. Die Sensationsliteratur grausigen und unheimlichen Inhalts wuchs an, und wie erpicht die Masse des Volkes auf solche Dinge war, können wir aus verstreuten Stücken wie Defoes »Apparition of Mrs. Veal« ersehen, einer hausbackenen Geschichte, in der der Geist einer Verstorbenen einer früheren Freundin erscheint und die Defoe schrieb, um indirekt für eine sich schlecht verkaufende theologische Abhandlung über den

Tod zu werben. Die oberen Schichten der Gesellschaft verloren jetzt allmählich den Glauben an das Übernatürliche und frönten einer Periode des klassischen Rationalismus. Dann, beginnend mit den Übersetzungen orientalischer Erzählungen unter der Regierung Königin Annas und gegen Mitte des Jahrhunderts feste Form annehmend, kommt es zu einem Wiederaufleben romantischen Fühlens – eine Epoche hebt an, die neue Freude an der Natur und am Glanz vergangener Zeiten, seltsamer Ereignisse, kühner Taten und unglaublicher Wunder empfindet. Wir spüren das zuerst bei den Dichtern, in deren Werken jetzt das Wunderbare, Seltsame und Schauderhafte eine Rolle zu spielen beginnt. Und schließlich, nach dem zaghaften Auftauchen einiger weniger unheimlich-übernatürlicher Episoden in den Romanen der Zeit – zum Beispiel in Smolletts *Adventures of Ferdinand, Count Fathom*–, entlädt sich die entfesselte Triebkraft in der Geburt einer neuen Schule des Schreibens, der sogenannten »gotischen« Schule, die gruselige und phantastische Romane und Erzählungen hervorbringt und deren literarische Nachkommenschaft so zahlreich werden und in vielen Fällen von so hohem künstlerischem Wert sein sollte. Es ist, wenn man darüber nachdenkt, wahrhaftig bemerkenswert, daß die unheimlich-übernatürliche Erzählprosa als feststehende und akademisch anerkannte literarische Form erst so spät geboren wurde. Der Impuls dazu und die Atmosphäre, aus der sie entsteht, sind so alt wie die Menschheit, doch die typische unheimlich-übernatürliche Erzählung der Hochliteratur ist ein Kind des achtzehnten Jahrhunderts.

Der frühe gotische Roman

Die von Schatten durchspukten Landschaften im *Ossian*, die chaotischen Visionen William Blakes, die grotesken Hexentänze in Burns' »Tam o'Shanter«, der düstere Dämonismus in Coleridges »Christabel« und in seinem »Ancient Mariner«, der gespenstische Zauber von James Hoggs »Kilmeny« und die verhalteneren Anzeichen kosmischen Grauens in »Lamia« und vielen anderen Gedichten von Keats – all dies sind typische Beispiele dafür, daß das Unheimlich-Übernatürliche in die englische Hochliteratur Eingang gefunden hatte. Unsere teutonischen Vettern auf dem Kontinent zeigten sich für die steigende Flut in gleichem Maße empfänglich, und Bürgers »Wilder Jäger« sowie die noch berühmtere »Lenore«, seine Ballade vom Geisterbräutigam – beide im Englischen von Scott nachgeahmt, der immer großen Respekt vor dem Übernatürlichen hatte –, stellen nur einen Bruchteil des Reichtums an unheimlichen Stoffen und Motiven dar, den die deutsche Dichtung fortan aufzuweisen hatte. Aus solchen Quellen übernahm Thomas Moore die später auch von Prosper Mérimée für seine »Vénus d'Ille« benutzte und bis weit in die Antike zurückzuverfolgende Sage von der dämonischen Statuenbraut, die so schaurig in seiner Ballade »The Ring« widerhallt, während Goethes unsterbliches Meisterwerk *Faust*, das vom rein Balladesken in die klassische kosmische Tragödie aller Zeiten übergeht, als der höchste Gipfel gelten kann, zu dem dieser poetische Impuls die Literatur aufsteigen ließ.

Doch es blieb einem äußerst munteren und weltmännischen Engländer – keinem anderen als Horace Walpole persönlich – vorbehalten, dem immer stärker werdenden Impuls endgültige Gestalt zu verleihen und zum eigentlichen Begründer der literarischen Horrorgeschichte als dauerhafter Form zu werden. Walpole, der auf seinem Landsitz Strawberry Hill in einem bizarren pseudogotischen Schloß wohnte, hatte ein Faible für die mittelalterlichen Ritterromane voll Abenteuer und Geheimnis, mit denen er sich aus Liebhaberei und zum Zeitvertreib beschäftigte. Im Jahre 1764 veröffentlichte er *The Castle of Otranto*, eine von übernatürlichen Ereignissen handelnde Geschichte, die, obwohl mittelmäßig und durchweg ohne Überzeugungskraft, einen nahezu beispiellosen Einfluß auf die Literatur des Unheimlich-Übernatürlichen ausüben sollte. Zunächst wagte er es nur, seinen Roman als »Übersetzung« auszugeben, die ein gewisser »William Marshal, Gent.« von einem italienischen Werk angefertigt habe, als dessen Verfasser der fiktive »Onuphrio Muralto« genannt wird, später gestand er aber seine Autorschaft ein und freute sich über die große und sofortige Popularität des Buches – eine Popularität, die sich in vielen Auflagen, baldiger Dramatisierung und unzähligen Nachahmungen sowohl in England als auch in Deutschland niederschlug.

Die von Walpole erzählte Geschichte ist langweilig, künstlich und melodramatisch und leidet noch zusätzlich durch einen flotten, sachlichen Stil, dessen urbane Lebhaftigkeit an keiner Stelle die Entstehung einer wahrhaft unheimlich-übernatürlichen Atmosphäre gestattet. Es geht darin um den skrupellosen Fürsten Manfred, einen Usurpator, der entschlossen ist, eine Dynastie zu gründen. Nachdem sein einziger Sohn Conrad an seinem

Hochzeitsmorgen auf mysteriöse Weise zu Tode gekommen ist, versucht Manfred, seine Frau Hippolita loszuwerden, um die für den unglücklichen Conrad bestimmte Braut selbst heiraten zu können – dieser Jüngling ist, nebenbei bemerkt, von einem gigantischen Helm erschlagen worden, den eine übernatürliche Macht in den Burghof hat fallen lassen. Isabella, die »verwitwete« Braut, entzieht sich der Verwirklichung von Manfreds Plan durch Flucht und trifft in den unterirdischen Gewölben der Burg auf einen noblen jungen Beschützer namens Theodor, der zwar ein Bauer zu sein scheint, jedoch auf seltsame Weise Alfonso dem Guten ähnelt, welcher vor Manfreds Zeit über das Fürstentum herrschte. Kurz darauf wird die Burg von diversen übernatürlichen Phänomenen heimgesucht; hier und dort findet man Teile einer gigantischen Rüstung, ein Porträt tritt aus seinem Rahmen, ein Donnerschlag zerstört den Burgbau, und aus den Ruinen steigt die riesige, gewappnete Gestalt Alfonsos auf, um durch sich teilende Wolken gen Himmel zu fahren und dort von St. Nikolaus in Empfang genommen zu werden. Theodor, der um Manfreds Tochter Matilda geworben, sie jedoch durch den Tod verloren hat – denn sie wird aus Versehen von ihrem Vater umgebracht –, ist, wie sich herausstellt, der Sohn Alfonsos und rechtmäßiger Erbe des Fürstentums. Am Schluß der Geschichte heiratet er Isabella, um fortan glücklich und in Freuden zu leben, während Manfred – dessen Usurpation der Grund für den übernatürlich bewirkten Tod seines Sohnes und für seine eigenen übernatürlichen Heimsuchungen war – sich zur Buße in ein Kloster zurückzieht; seine betrübte Frau sucht Zuflucht in einem benachbarten Nonnenkloster.

So ist die Erzählung beschaffen – fade, gestelzt und gänzlich bar des wahren kosmischen Grauens, das die unheimlich-übernatürliche Literatur konstituiert. Doch so groß war das Verlangen der Zeit nach jenen Elementen des Seltsamen, Gespenstischen und Archaischen, mit denen das Werk aufwartet, daß es von den verständigsten Lesern ernst genommen und trotz seiner Unzulänglichkeit auf das Piedestal eminenter literarhistorischer Bedeutsamkeit gehoben wurde. Sein Verdienst besteht vor allem darin, daß es neuartige Schauplätze, Figurentypen und Handlungsstrukturen schuf, die dann von Schriftstellern, welche von Natur aus für die Darstellung des Unheimlich-Übernatürlichen besser geeignet waren, überzeugender gehandhabt wurden und dergestalt die Entwicklung einer imitativen gotischen Schule auslösten, die ihrerseits die wahren Gestalter kosmischen Schreckens inspirierte – jene Reihe wirklicher Künstler, die mit Poe beginnt. An erster Stelle dieser neuartigen dramatischen Versatzstücke steht die weitläufig und verschachtelt angelegte, uralte gotische Burg mit ihren verlassenen oder verfallenen Gebäudeteilen, feuchten Gängen und unwirtlichen unterirdischen Gewölben, in der Scharen von Gespenstern hausen und um die sich unzählige gräßliche Sagen ranken: Sie bildet den Mittelpunkt der Spannung und des Grusels. Hinzu kommen der tyrannische und Übles im Schilde führende Adlige als Schurke; die heiligmäßige, ständig verfolgte und gewöhnlich farblose Heldin, die die schlimmsten Schrekken auszustehen hat und auf die sich die Sympathien des Lesers konzentrieren, dem die Geschehnisse aus ihrer Perspektive vermittelt werden; der tapfere und tadellose Held, der immer vornehmer Abstammung ist, jedoch oft als Angehöriger eines niedrigen Standes verkleidet auftritt; die Konvention, den Figuren hochtrabende ausländische Namen – meist italienische – zu geben; und der unerschöpfliche Fundus von Requisiten, der seltsame Lichterscheinungen, feuchte Falltüren, plötzlich verlöschende Lampen, verborgene modrige Manuskripte, quietschende Türangeln, sich hin und her bewegende Wandteppiche und dergleichen umfaßt. All diese Versatzstücke werden in der gesamten Geschichte des gotischen Romans immer wieder und mit belustigender Konstanz, wenn auch bisweilen mit ungeheurem Effekt verwendet und sind selbst in der Gegenwart keineswegs außer Gebrauch gekommen, obwohl die subtileren Erzähltechniken von heute dafür sorgen, daß sie eine weniger naive und offenkundige Form annehmen. Ein in sich stimmiges Milieu für eine neue literarische Schule war entdeckt worden, und die schreibende Welt zögerte nicht, die Gelegenheit beim Schopfe zu packen.

Die deutsche Phantastik reagierte unverzüglich auf den von Walpole ausgehenden Einfluß und wurde bald zum Inbegriff des Unheimlich-Übernatürlichen und Gespenstischen. Zu den ersten Nachahmern in England gehörte die berühmte Mrs. Barbauld, die 1773, als sie noch Miss Aikin war, ein Fragment mit dem Titel »Sir Bertrand« veröffentlichte, in dem die Saiten genuinen Schreckens wahrlich nicht ungeschickt angeschlagen werden. Ein Edelmann wird auf einer finsteren, einsamen Heide vom Läuten einer Glocke und von einem Licht in der Ferne angezogen; er betritt ein sonderbares altes, mit Türmen versehenes Schloß, dessen Türen sich von selbst öffnen und schließen; bläuliche Irrlichter geleiten ihn geheimnisvolle Treppen hinauf und konfrontieren ihn mit körperlosen Händen und belebten schwarzen Statuen. Er gelangt schließlich zu einem Sarg, in dem eine tote Edelfrau liegt; als Sir Bertrand sie küßt, löst die Szenerie sich in nichts auf, und an ihre Stelle tritt ein prunkvolles Gemach, in dem die wieder zum Leben erweckte Edelfrau zu Ehren ihres Retters ein Bankett gibt. Walpole bewunderte diese Erzählung; einem noch prominenteren Abkömmling seines *Castle of Otranto* brachte er indes weniger Achtung entgegen, nämlich Clara Reeves Roman *The Old English Baron*, der 1777 erschien. Freilich fehlt es dieser Geschichte an den echten Schwingungen dunkler und geheimnisvoller Töne, die Mrs. Barbaulds Fragment kennzeichnen, und obwohl *The Old English Baron* weniger plump ist als Walpoles Roman und mit dem Grauen künstlerisch besser haushält, da die Autorin sich auf eine einzige Geistererscheinung beschränkt, ist das Werk dennoch entschieden zu farblos, um Größe zu besitzen. Abermals haben wir hier den tugendsamen, als Bauern verkleideten Burgerben, dem der Geist seines Vaters zu seinem Recht verhilft, und abermals haben wir auch die große Popularität des Buches, die zu vielen Auflagen, zur Dramatisierung und schließlich zur Übersetzung ins Französische führte. Miss Reeve schrieb noch einen weiteren unheimlich-übernatürlichen Roman, der bedauerlicherweise unveröffentlicht blieb und verlorenging.

Der gotische Roman hatte sich nun als literarische Form etabliert, und während das achtzehnte Jahrhundert sich seinem Ende näherte, mehrten sich die Beispiele des Genres in verblüffender Weise. *The Recess*, 1785 von Mrs. Sophia Lee geschrieben, weist die gattungstypische historische Komponente auf und handelt von den Zwillingstöchtern der schottischen Königin Maria Stuart. Obwohl dem Werk das übernatürliche Element fehlt, bedient es sich der von Walpole bereitgestellten Kulissen und Mechanismen mit großem Geschick. Fünf Jahre später ging am Himmel des gotischen Romans ein neuer Stern auf, dessen Helligkeit alle anderen verblassen ließ – Mrs. Ann Radcliffe (1764-1823), deren berühmte Romane Schrecken und Spannung zur Mode machten und die für die Gestaltung makabrer und angsteinflößender Atmosphäre neue und höhere Maßstäbe setzte, obgleich sie die ärgerliche Angewohnheit hatte, ihren Gespenstern am Schluß durch forcierte rationale Erklärungen den Garaus zu machen. Den vertrauten gotischen Versatzstücken ihrer Vorgänger fügte Mrs. Radcliffe ein authentisches Fluidum des Übernatürlichen hinzu, das sie auf eine ans Geniale grenzende Weise in Schauplatz und Handlung einwob; jede Einzelheit des Ambientes und der Fabel trägt künstlerisch zu dem Eindruck grenzenloser Schrecklichkeit bei, den sie vermitteln wollte. Einige wenige unheilschwangere Details wie zum Beispiel eine Blutspur auf der Burgtreppe, ein Stöhnen aus einer entlegenen Gruft oder ein unheimliches Lied im nächtlichen Wald vermögen bei ihr die wirkungsmächtigsten Bilder drohenden Grauens heraufzubeschwören, dergestalt die überspannten und schwerfälligen Konstruktionen anderer Autoren weit übertreffend. Und für sich genommen, verlieren diese Bilder auch keineswegs an Überzeugungskraft, weil sie am Ende des Romans wegerklärt werden. Mrs. Radcliffes visuelle Einbildungskraft war äußerst stark und macht sich ebensosehr in ihren entzückenden Landschaftsschilderungen – die immer in großen, wunderbar malerischen Zügen und nie in feinen Einzelheiten ausgeführt werden – wie in ihren unheimlich-übernatürlichen Phantasien geltend. Ihre hauptsächlichen Schwächen bestehen – abgesehen von der Gepflogenheit, den Leser am Schluß durch nüchterne Erklärungen zu desillusionieren – in einer Neigung zu falschen geographischen und historischen Angaben und in dem fatalen Hang, in ihre Romane fade kleine Gedichte einzustreuen, die der einen oder anderen Figur zugeschrieben werden.

Mrs. Radcliffe verfaßte sechs Romane: *The Castles of Athlin and Dunbayne* (1789), *A Sicilian Romance* (1790), *The Romance of the Forest* (1791), *The Mysteries of Udolpho* (1794), *The Italian* (1797) und *Gaston de Blondeville*, geschrieben 1802, aber erst 1826 postum erschienen. Von diesen ist *Udolpho* bei weitem der berühmteste und darf als einer der vorzüglichsten Vertreter der frühen gotischen Erzählliteratur gelten. Im Mittelpunkt der Geschichte steht die junge Französin Emily, die nach dem Tod ihrer Eltern in ein altes finsteres Schloß in den Apenninen gebracht wird, dessen Besitzer, der ränkevolle Adlige Montoni, ihre Tante geheiratet hat. Geheimnisvolle Geräusche, sich öffnende Türen, entsetzenerregende Sagen und etwas unbeschreiblich Grauenvolles, das in einer Nische hinter einem schwarzen Schleier verborgen ist, wirken in rascher Folge zusammen, um die Heldin und ihre treue Dienerin Annette nervlich zu zermürben; doch schließlich, nach dem Tod ihrer Tante, entkommt sie mit Hilfe eines Mitgefangenen, den sie im Schloß entdeckt hat. Auf der Heimreise macht sie Station in einem Château, wo neue Schrecken auf sie warten – der verlassene Flügel, in dem die verstorbene Schloßherrin wohnte, und das Totenbett mit dem schwarzen Leichentuch –, aber schließlich und endlich gelangt sie wieder in Sicherheit und kann das Glück mit ihrem Geliebten Valancourt genießen, nachdem noch ein Geheimnis, das eine Zeitlang ihre Geburt zu umgeben schien, aufgeklärt worden ist. Gewiß, das ist nur das bekannte Material in neuer Bearbeitung, aber diese Neubearbeitung ist so gut gelungen, daß *Udolpho* immer ein Klassiker sein wird. Mrs. Radcliffes Figuren sind zwar Marionetten, doch in weniger auffälliger Weise als die ihrer Vorgänger. Und was die atmosphärische Gestaltung betrifft, reicht keiner ihrer schreibenden Zeitgenossen an sie heran.

Von Mrs. Radcliffes unzähligen Nachahmern steht der amerikanische Romancier Charles Brockden Brown ihr im Geist und in der Methode am nächsten. Wie sie schadet er seinen Schöpfungen durch natürliche Erklärungen; doch ebenso wie sie besaß er die Fähigkeit zur Gestaltung einer unheimlichen Atmosphäre, die seinen Schrecken eine gräßliche Lebendigkeit verleiht, solange sie unerklärt bleiben. Er unterscheidet sich indes dadurch von ihr, daß er die äußerlichen gotischen Versatzstücke und Requisiten voller Verachtung aufgab und für seine geheimnisvollen Geschichten zeitgenössische amerikanische Schauplätze wählte; diese Ablehnung erstreckte sich allerdings nicht auf den Geist und die genretypische Fabel des gotischen Romans. Browns Romane enthalten einige unvergeßliche Schreckensszenen und übertreffen in der Schilderung abnormer Geisteszustände sogar Mrs. Radcliffes Werke. *Edgar Huntly* beginnt damit, daß ein Schlafwandler ein Grab schaufelt, leidet aber im weiteren Verlauf durch Züge Godwinscher Lehrhaftigkeit. In *Ormond* geht es um ein Mitglied einer sinistren geheimen Bruderschaft. Dieser Roman beschreibt, ebenso wie *Arthur Mervyn*, die Gelbfieberepidemie, die der Autor in Philadelphia und New York miterlebt hatte. Doch Browns berühmtestes Buch ist *Wieland; or, The Transformation* (1798), in dem ein von religiösem Fanatismus erfüllter Pennsylvania-Deutscher »Stimmen« hört und seine Frau und seine Kinder als Opfer darbringt, indem er sie ermordet. Seine Schwester Clara, die die Geschichte erzählt, entgeht nur knapp dem Tode. Der Schauplatz des Romans, der auf der waldreichen Besitzung Mettingen an einem entlegenen Abschnitt des Schuylkill spielt, wird mit außerordentlicher Anschaulichkeit geschildert, und die Schrecken Claras, die in dem einsamen Haus von gespenstischen Lauten und dem Geräusch fremder Schritte heimgesucht und von zunehmender Angst befallen wird, sind mit wahrhaft künstlerischer Kraft gestaltet. Am Schluß wird eine lahme Erklärung geboten, indem alle Phänomene auf einen Bauchredner zurückgeführt werden, doch solange die Atmosphäre erhalten bleibt, trägt sie den Stempel der Echtheit. Carwin, der verbrecherische Bauchredner, ist ein typischer Schurke vom Schlage Manfreds oder Montonis.

Der Höhepunkt des gotischen Romans

Im Werk von Matthew Gregory Lewis (1775-1818), dessen Roman *The Monk* (1796) eine unglaubliche Popularität erlangte und ihm den Spitznamen »Monk«

Lewis eintrug, nimmt das Grauen in der Literatur eine neue Dimension des Bösen an. Dieser junge Autor, der eine Zeitlang in Deutschland verbracht und dort begierig die wildromantischen Volkssagen in sich aufgesogen hatte, die Mrs. Radcliffe gar nicht kannte, wandte sich dem Schrecken in Formen zu, die so kraß waren, daß seine zartbesaitete Vorgängerin nie daran zu denken gewagt hätte, und schuf daraufhin ein Meisterwerk von beklemmender Alptraumhaftigkeit, dessen allgemeiner gotischer Habitus noch zusätzlich mit makabren Zutaten reich gewürzt ist. Die Geschichte handelt von dem spanischen Mönch Ambrosio, der den Versuchungen eines Dämons in Gestalt des Mädchens Matilda erliegt und aus einem Zustand überspitzter, selbstgerechter Tugendhaftigkeit zum absoluten Tiefpunkt des Bösen absinkt; als er schließlich im Kerker der Inquisition auf seine Hinrichtung wartet, läßt er sich vom Teufel dazu verleiten, um den Preis seiner Seele die Flucht zu erkaufen, da er sowohl seinen Leib als auch seine Seele bereits für verloren hält. Umgehend trägt der betrügerische Satan ihn an einen einsamen Ort und verrät ihm, daß er seine Seele umsonst verkauft habe, da ihm in dem Moment, als der fürchterliche Handel geschlossen wurde, die Begnadigung gebracht werden sollte und eine Möglichkeit zur Seelenrettung bestanden hätte; dann vollendet er den hämischen Verrat, indem er Ambrosio seine widernatürlichen Verbrechen vorwirft und seinen Körper in einen Abgrund schleudert, während die Seele des Mönchs davongetragen wird, um der ewigen Verdammnis anheimzufallen. Der Roman enthält einige entsetzenerregende Episoden, so zum Beispiel die Dämonenbeschwörung in der Gruft unter dem Friedhof des Nonnenklosters, den Brand des Nonnenklosters und das Ende des niederträchtigen Abtes. Die Nebenhandlung, in der der Marquis de las Cisternas dem Gespenst seiner verbrecherischen Ahne, der Blutenden Nonne, begegnet, weist viele enorm wirkungsvolle Szenen auf, darunter vor allem den Besuch des lebenden Leichnams am Bett des Marquis und das kabbalistische Ritual, mit dem der Ewige Jude ihm hilft, das Anliegen seines toten Quälgeistes herauszufinden und den Spuk zu bannen. Dennoch schleppt sich *The Monk* sehr dahin, wenn man den Roman als Ganzes liest. Er ist zu lang und zu weitschweifig und verliert durch seinen schnoddrigen Erzählton und durch ebenso plumpe wie übertriebene Verstöße gegen jene Regeln der Schicklichkeit, die Lewis als prüde verachtete, viel von seiner Wirkungskraft. Ein großes Verdienst kann man dem Autor freilich zusprechen: Er macht seine Geistererscheinungen nie durch natürliche Erklärungen zunichte. Es gelang ihm, mit der Radcliffeschen Tradition zu brechen und den Bereich des gotischen Romans zu erweitern. Außer *The Monk* schrieb Lewis noch viel mehr. Sein Drama *The Castle Spectre* wurde 1798 aufgeführt, und später fand er Zeit, Erzählungen in Balladenform zu verfassen (*Tales of Terror*, 1799; *Tales of Wonder*, 1801) und eine Reihe von Übersetzungen aus dem Deutschen anzufertigen.

Sowohl in England als auch in Deutschland erschien nun eine ungeheure Fülle von zweitklassigen gotischen Romanen. Vom Standpunkt eines reifen Geschmacks aus waren die meisten davon lediglich lächerlich, und Jane Austens berühmte Satire *Northanger Abbey* stellte keineswegs einen unverdienten Tadel für eine literarische Schule dar, die tief ins Absurde abgesunken war. Allmählich lief diese Sondergattung sich tot, doch bevor sie endgültig in der Versenkung verschwand, trat in der Person von Charles Robert Maturin (1782-1824), einem unbekannten und exzentrischen irischen Geistlichen, ihr letzter und bedeutendster Vertreter auf den Plan. Aus Maturins umfangreichem und mannigfaltigem schriftstellerischen Werk, zu dem auch eine wirre Radcliffe-Imitation mit dem Titel *The Fatal Revenge; or, The Family of Montorio* (1807) gehört, kristallisierte sich schließlich sein lebensvolles Horror-Meisterwerk *Melmoth the Wanderer* (1820) heraus, in dem die gotische Erzählprosa Höhen rein spirituellen Entsetzens erklomm, die sie zuvor nicht gekannt hatte.

Melmoth ist die Geschichte eines irischen Gentleman, der im siebzehnten Jahrhundert seine Seele dem Teufel verkauft und dafür ein übermäßig verlängertes Leben bekommen hat. Wenn er einen anderen Menschen dazu bringen kann, an seiner Stelle in den Pakt einzuwilligen und den Zustand, in dem er – Melmoth – sich befindet, anzunehmen, kann er erlöst werden, doch es gelingt ihm niemals, dieses Ziel zu erreichen, so beharrlich er auch denen zusetzt, die die Verzweiflung bedenkenlos gemacht und zur Raserei getrieben hat. Die Geschichte ist äußerst unbeholfen konstruiert und weist ermüdende Längen, abschweifende Episoden, ineinander verschachtelte Erzählungen sowie forcierte Verknüpfungen und gezwungen wirkende Zufälle auf, doch an verschiedenen Punkten der endlos schweifenden Erzählbewegung spürt man das Pulsieren einer Kraft, wie sie in keinem vorhergehenden Werk dieser Art zu finden ist – eine Übereinstimmung mit den grundlegenden Wahrheiten der menschlichen Natur, ein Verstehen der tiefsten Ursachen der konkreten kosmischen Angst und ein glühendes, leidenschaftliches Mitgefühl auf seiten des Autors, das aus dem Buch mehr als nur ein cleveres, kunstfertiges Potpourri macht und es zu einem echten Dokument ästhetischen Selbstausdrucks werden läßt. Kein unvoreingenommener Leser kann daran zweifeln, daß *Melmoth* in der Entwicklung der Horrorliteratur einen enormen Schritt vorwärts darstellt. Die Angst wird aus dem Bereich des Konventionellen geholt und zu einer gräßlichen Wolke erhoben, die über dem Schicksal der Menschheit schwebt. Das Schauderhafte bei Maturin – Werk eines Mannes, der selbst imstande war, Schauder zu empfinden – ist von der Art, die überzeugt. Mrs. Radcliffe und Lewis sind ein gefundenes Fressen für Parodisten, doch es dürfte schwerhalten, einen falschen Ton in der fiebrig intensivierten Handlung und der hohen atmosphärischen Spannung des Iren zu entdecken, dessen weniger verfeinerte Emotionen und dessen ererbter keltischer Mystizismus ihn in bestmöglicher Weise für seine Aufgabe ausstatteten. Zweifellos ist Maturin ein Mann von echtem Genie, und als solcher wurde er auch von Balzac erkannt, der *Melmoth* Molières *Don Juan*, Goethes *Faust* und Byrons *Manfred* an die Seite stellte, in denen er die bedeutendsten allegorischen Gestalten der neuzeitlichen europäischen Literatur sah, und der selbst eine skurrile Geschichte mit dem Titel »Melmoth reconcilié« schrieb, in der es dem Wanderer gelingt, den höllischen Pakt einem betrügerischen Pariser Bankkassierer anzudrehen, der ihn seinerseits an eine ganze Kette von Opfern weiterreicht, bis schließlich ein zügelloser Spieler im Besitz des Paktes stirbt und durch seine Verdammung der Fluch endet. Scott, Rossetti, Thackeray und Baudelaire sind die anderen Giganten, die Maturin ihre uneingeschränkte Bewunderung zollten, und es ist höchst bedeutsam, daß Oscar Wilde – nach seiner Entehrung und nachdem er ins Exil gegangen war – für seine letzten Tage in Paris den Decknamen »Sebastian Melmoth« wählte.

Melmoth enthält Szenen, die selbst heute ihre Kraft, Angst zu erwecken, noch nicht verloren haben. Am Anfang steht ein Totenbett – ein alter Geizhals liegt im Sterben, und was ihn in den Tod treibt, ist die schiere Angst vor etwas, das er gesehen hat und das mit einem Manuskript, das er gelesen hat, und einem Familienporträt, das in einer abgelegenen Kammer seines jahrhundertealten Hauses im County Wicklow hängt, in Zusammenhang steht. Er schickt nach seinem Neffen John, der am Trinity College in Dublin studiert und der nach seiner Ankunft allerlei unheimliche Dinge beobachtet. Die Augen des Porträts in der Kammer glühen entsetzlich, und zweimal erscheint an der Tür für einen Augenblick eine Gestalt, die dem Porträt auf seltsame Weise ähnelt. Angst liegt über jenem Haus der Familie Melmoth, deren einen Vorfahren, »J. Melmoth, 1646«, das Porträt darstellt. Der sterbende Geizhals erklärt, daß dieser Mann noch am Leben sei (die Geschichte spielt kurz nach 1800). Schließlich stirbt der Geizhals, und der Neffe wird im Testament angewiesen, sowohl das Porträt als auch ein Manuskript, das sich in einer bestimmten Schublade befindet, zu vernichten. Als der junge John das Manuskript liest, das im späten siebzehnten Jahrhundert von einem Engländer namens Stanton geschrieben wurde, erfährt er von einem schrecklichen Ereignis, das sich 1677 in Spanien zutrug, als der Schreiber einem furchteinflößenden Landsmann begegnete und erzählt bekam, wie dieser einen Priester durch Blicke tötete, welcher versuchte, ihn als Ausbund des Bösen anzuprangern. Später, nachdem er in London dem Mann erneut begegnet ist, wird Stanton in ein Irrenhaus gesperrt, wo ihn der Fremde aufsucht, dessen Kommen von geisterhafter Musik angekündigt wird und von dessen Augen ein übernatürliches Leuchten ausgeht. Melmoth der Wanderer – denn um diesen handelt es sich bei dem unheilvollen Besucher – bietet dem im Irrenhaus Gefangenen die Freiheit, falls er bereit ist, seinen Pakt mit dem Teufel zu übernehmen, doch wie alle anderen, an die Melmoth herantritt, widersteht Stanton der Versuchung. Melmoths Schilderung der Schrecken eines Lebens im Irrenhaus, mit der er Stanton in Versuchung führen will, ist eine der eindrucksvollsten Passagen des Buches. Stanton kommt schließlich frei und verbringt den Rest seines Lebens damit, nach Melmoth zu forschen, dessen Familie und dessen Stammsitz er ausfindig macht. Bei der Familie hinterläßt er auch das Manuskript, das zur Zeit des jungen John bereits arg zerfleddert und zerfallen ist. John vernichtet Porträt und Manuskript, doch im Schlaf wird er von seinem schrecklichen Vorfahren heimgesucht, der an seinem Handgelenk ein bläulichschwarzes Mal zurückläßt.

Kurze Zeit später nimmt der junge John den schiffbrüchigen Spanier Alonzo de Monçada bei sich auf, der einem erzwungenen Leben als Mönch und den Gefahren der Inquisition entkommen ist. Er hat entsetzlich gelitten – und die Schilderung dessen, was er unter der Folter und in den Gewölben, durch die er einmal zu fliehen versuchte, auszustehen hatte, ist von klassischem Rang –, besaß aber die Kraft, Melmoth dem Wanderer zu widerstehen, als dieser in der Stunde seiner größten Not im Gefängnis an ihn herantrat. Im Hause eines Juden, der ihm nach seiner Flucht Schutz gewährt hat, entdeckt Monçada eine Fülle von Manuskripten, die von weiteren Taten Melmoths berichten, unter anderem auch von seiner Werbung um die jungfräuliche, auf einer Insel im Indischen Ozean lebende Immalee, die später zu ihren Eltern nach Spanien gebracht wird und in Wirklichkeit Donna Isidora heißt, sowie von seiner gräßlichen Trauung mit ihr, die der Leichnam eines Einsiedlers um Mitternacht in der verfallenen Kapelle eines verrufenen Klosters vollzieht. Was Monçada dem jungen John erzählt, nimmt in Maturins vierbändigem Werk den größten Raum ein, und dieses Mißverhältnis gilt als einer der hauptsächlichen technischen Mängel in der Komposition des Buches.

Schließlich werden die Gespräche zwischen John und Monçada dadurch unterbrochen, daß Melmoth der Wanderer persönlich ins Zimmer tritt; seine Augen haben ihr Leuchten verloren, und die Hinfälligkeit des Alters kommt rasch über ihn. Die Dauer seines Paktes nähert sich dem Ende, und nach anderthalb Jahrhunderten ist er heimgekehrt, um sich seinem Schicksal zu stellen. Nachdem er den beiden jungen Männern eingeschärft hat, sein Zimmer nicht zu betreten, ganz gleich, was für Geräusche sie in der Nacht vernehmen mögen, erwartet er sein Ende allein. John und Monçada hören ein furchtbares Heulen und Kreischen, dringen aber nicht in das Zimmer ein, bis gegen Morgen Stille eintritt. Danach stellen sie fest, daß der Raum leer ist. Lehmige Fußspuren führen zu einer Hintertür und von dort zu einer Felsklippe über dem Meer, und nahe dem Rande der Klippe befindet sich eine Spur, die darauf hindeutet, daß dort gewaltsam ein schwerer Körper fortgeschleppt wurde. An einem Felsvorsprung unterhalb des Randes entdecken sie das Halstuch des Wanderers, doch dieser selbst bleibt auf immer verschwunden.

So ist die Geschichte beschaffen, und niemandem kann der Unterschied entgehen zwischen diesem fein abgestuften, suggestiven und künstlerisch geformten Horror und – um die Worte von Professor George Saintsbury zu gebrauchen – »dem geschickten, aber ziemlich trokkenen Rationalismus Mrs. Radcliffes und der zu oft kindischen Extravaganz, dem schlechten Geschmack und dem bisweilen schludrigen Stil von Lewis.« Maturins Stil als solcher verdient besonderes Lob, denn seine kraftvolle Direktheit und seine Lebendigkeit heben ihn weit über die schwülstigen Künstlichkeiten hinaus, deren Maturins Vorgänger sich schuldig gemacht haben. Zu Recht bemerkt Professor Edith Birkhead in ihrer Geschichte des gotischen Romans, daß »Maturin trotz all seiner Mängel der größte als auch der letzte Gotiker war.« *Melmoth* wurde viel gelesen und schließlich auch dramatisiert, doch durch sein spätes Erscheinen in der Entwicklungsgeschichte der gotischen Erzählprosa blieb ihm die turbulente Popularität von *Udolpho* und *The Monk* versagt.

Unterdessen waren andere Hände nicht müßig gewesen, so daß aus der öden Fülle von Schund – darunter des Marquis von Grosse *Genius* (1791 - 1794), Mrs. Roches *Children of the Abbey* (1796), Miss Dacres *Zofloya; or, The Moor* (1806) und die Schuljungenergüsse des Dichters Shelley, *Zastrozzi* (1810) und *St. Irvyne* (1811), beides Imitationen von *Zofloya* – zahlreiche eindrucksvolle unheimlich-übernatürliche Werke in englischer wie in deutscher Sprache herausragten. Klassischen Rang hat ein Buch, das sich von seinen Genregenossen deutlich unterscheidet, da es eher der orientalischen Erzählliteratur als dem gotischen Roman à la Walpole verpflichtet ist: die berühmte, von dem reichen Dilettanten William Beckford verfaßte *History of the Caliph Vathek*, die zunächst auf französisch geschrieben, doch noch vor dem Erscheinen des Originals in einer englischen Übersetzung veröffentlicht wurde. Orientalische Erzählungen, im frühen achtzehnten Jahrhundert durch Gallands französische Übersetzung der unerschöpflich reichen Sammlung *Tausendundeine Nacht* in die europäische Literatur eingeführt, waren sehr in Mode gekommen, und man bediente sich ihrer sowohl zu allegorischen als auch zu reinen Unterhaltungszwecken. Der verschmitzte Humor, den nur das orientalische Gemüt mit dem Unheimlich-Übernatürlichen zu verknüpfen versteht, übte auf eine intellektuell anspruchsvolle Generation eine derartige Faszination aus, daß schließlich in der Unterhaltungsliteratur Namen, die mit Bagdad und Damaskus in Beziehung standen, ebenso reichlich verwendet wurden wie bald darauf fesche italienische und spanische Namen. Beckford, der sich in der orientalischen Märchen- und Abenteuerliteratur gut auskannte, fing die dort herrschende Atmosphäre mit außergewöhnlicher Feinfühligkeit ein und gibt in seinem phantastischen Werk aufs überzeugendste das protzige Luxusbedürfnis, die verschmitzte Illusionslosigkeit, kalte Grausamkeit, kultivierte Niedertracht und düstere Dämonenfurcht des sarazenischen Geistes wieder. Die Prise des Lächerlichen, die er dem Ganzen hinzufügt, beeinträchtigt nur selten die Wirkungskraft seines sinistren Themas, und die Geschichte entwickelt sich mit einem phantasmagorischen Pomp, bei dem das Gelächter das von Skeletten ist, die unter arabesken Kuppeln bankettieren. *Vathek* handelt vom Enkel des Kalifen Harun al-Raschid, der sich, gequält von jenem Verlangen nach überirdischer Macht, Lust und Gelehrsamkeit, das auch den durchschnittlichen gotischen Schurken oder Byronschen Helden (fundamental miteinander verwandte Typen) erfüllt, von einem bösen Geist dazu verführen läßt, den unterirdischen Thron der mächtigen und sagenhaften prä-adamitischen Sultane aufzusuchen, der sich in den feurigen Hallen von Eblis, dem mohammedanischen Teufel, befindet. Die Beschreibung der Paläste und der Zerstreuungen Vatheks; seiner ränkevollen Mutter, der Zauberin Karathis, und ihres Hexenturms mit den fünfzig einäugigen Negerinnen; seiner Pilgerreise zu den umspukten Ruinen von Istakar (Persepolis) und seiner schelmischen Braut Nuronihar, die er unterwegs durch Verrat gewonnen hat; der im brennenden Mondlicht der Einöde liegenden uralten Türme und Terrassen von Istakar und der furchteinflößenden gigantischen Hallen des Eblis, wo jedes Opfer, von glänzenden Versprechungen verführt, gezwungen ist, in ewiger Qual umherzuirren, die rechte Hand auf das lodernd entflammte und für immer brennende Herz gepreßt – all diese Schilderungen sind Glanzpunkte unheimlich-übernatürlicher Fabulierkunst, die dem Buch einen bleibenden Platz in der englischen Literatur sichern. Nicht weniger bemerkenswert sind die drei *Episodes of Vathek*, die der Geschichte als Erzählungen von Leidensgenossen Vatheks in Eblis' infernalischen Hallen eingefügt werden sollten, zu Lebzeiten des Autors jedoch unveröffentlicht blieben und erst 1909 von dem Wissenschaftler Lewis Melville entdeckt wurden, als er Material für sein Buch *The Life and Letters of William Beckford* sammelte. Beckford fehlt indes der essentielle Mystizismus, der das Unheimlich-Übernatürliche in seiner ausgeprägtesten Form kennzeichnet, so daß seinen Geschichten eine gewisse aufgeklärte lateinische Nüchternheit und Klarheit eignet, die den puren panischen Schrecken ausschließt.

Doch Beckford blieb mit seiner Begeisterung für den Orient allein. Andere Schriftsteller, die der gotischen Tradition und dem europäischen Leben im allgemeinen näherstanden, waren bereit, dem Beispiel Walpoles mit größerer Treue zu folgen. Von den zahllosen Autoren, die zu jener Zeit Schreckensliteratur produzierten, mag hier der utopistische Wirtschaftstheoretiker William Godwin genannt werden, der seinem berühmten, aber nicht übernatürlichen *Caleb Williams* (1794) den bewußt unheimlich-übernatürlichen Roman *St. Leon* (1799) folgen ließ, in dem das Thema des vom imaginären Geheimorden der »Rosenkreuzer« entwickelten Lebenselixiers erfindungsreich, wenn auch atmosphärisch nicht überzeugend behandelt wird. Dieses Element des Rosenkreuzertums, das von einer Welle allgemeinen Interesses für Magie getragen wurde – man denke zum Beispiel an die Beliebtheit, deren sich der Scharlatan Cagliostro erfreute, oder an die Veröffentlichung von Francis Barretts *The Magus* (1801), einer sonderbaren kompendiösen Abhandlung über okkultistische Prinzipien und Zeremonien, von der noch 1896 ein Nachdruck erschien –, spielt auch bei Bulwer-Lytton und in vielen späten gotischen Romanen eine Rolle, vor allem bei jener entfernten und schwächlichen Nachkommenschaft, deren Ausläufer bis weit ins neunzehnte Jahrhundert reichen und die durch Werke wie George W. M. Reynolds' *Faust and the Demon* und *Wagner, the Wehr-wolf* repräsentiert wird. Obwohl *Caleb Williams* die übernatürliche Komponente fehlt, weist er doch viele authentische Züge des Schreckens auf. Das Buch erzählt die Geschichte eines Dieners, der herausfindet, daß sein Herr einen Mord begangen hat, und der daraufhin von diesem verfolgt wird, und es zeigt einen Einfallsreichtum und ein Geschick, die es bis zum heutigen Tage einigermaßen lebendig erhalten haben. Es wurde auch zu einem Drama mit dem Titel *The Iron Chest* umgearbeitet und fand in dieser Form fast ebenso großen Beifall. Godwin war jedoch zu sehr der bewußte Lehrer und nüchterne Denker, um ein genuines unheimlich-übernatürliches Meisterwerk zu schaffen.

Seine Tochter, die Frau Shelleys, war in dieser Hinsicht wesentlich erfolgreicher, und ihr einzigartiger *Frankenstein; or, The Modern Prometheus* (1818) ist einer der Horrorklassiker aller Zeiten. Das Buch entstand anläßlich eines Wettstreits zwischen Mary Shelley, ihrem

Mann, Lord Byron und Dr. John William Polidori, bei dem es um die Frage ging, wer die beste Horrorgeschichte verfassen könne. Mrs. Shelleys *Frankenstein* war die einzige der rivalisierenden Erzählungen, die sorgfältig ausgearbeitet und vollendet wurde, und es ist der Literaturkritik nicht gelungen nachzuweisen, daß die besten Teile von Shelley stammen statt von seiner Frau. Der Roman, der einen Anflug von moralischer Lehrhaftigkeit hat, welcher ihm jedoch kaum schadet, erzählt von dem künstlichen menschlichen Wesen, das der junge Schweizer Medizinstudent Victor Frankenstein aus Leichenteilen formt. Das Monster, von seinem Schöpfer »im wahnsinnigen Hochmut des Verstandes« geschaffen, besitzt zwar normale Intelligenz, ist jedoch von gräßlicher und abstoßender Gestalt. Die Menschen verabscheuen es, es wird immer verbitterter und beginnt schließlich, nacheinander all jene zu ermorden, die der junge Frankenstein am meisten liebt, seine Freunde wie seine Familienangehörigen. Es verlangt, daß Frankenstein ihm eine Frau erschaffe, und als der Student schließlich voller Entsetzen ablehnt, damit die Welt nicht von solchen Monstern bevölkert wird, verläßt die Kreatur ihn mit der gräßlichen Drohung, ihn »in seiner Hochzeitsnacht heimzusuchen«. In besagter Nacht wird Frankensteins Braut erwürgt, und von da an macht dieser Jagd auf das Monster, das er sogar bis in die Eiswüsten der Arktis verfolgt. Am Schluß, als er auf dem Schiff des Mannes, der die Geschichte erzählt, Aufnahme findet, wird Frankenstein selbst von dem entsetzlichen Objekt seiner Suche, dem Produkt seines anmaßenden Stolzes umgebracht. Einige Szenen in *Frankenstein* sind unvergeßlich, so zum Beispiel wenn das eben erst zum Leben erweckte

Monster das Zimmer seines Schöpfers betritt, die Vorhänge des Bettes aufzieht und ihn im gelben Mondlicht mit wässerigen Augen anstarrt – »wenn man sie Augen nennen kann«. Mrs. Shelley hat noch weitere Romane geschrieben, darunter den recht beachtlichen *Last Man*, vermochte aber den Erfolg ihres Erstlings nie zu wiederholen. Dieses Buch hat das echte Fluidum kosmischer Angst, ganz gleich, wie sehr der Fortgang der Handlung bisweilen ins Stocken geraten mag. Dr. Polidori entwikkelte seine Idee bei dem obengenannten Wettstreit als längere Kurzgeschichte, die den Titel *The Vampyre* trägt; sie wartet mit einem weltmännischen Schurken vom echten gotischen oder Byronschen Typ auf und enthält einige exzellente Passagen von krasser Entsetzlichkeit, darunter ein schreckliches nächtliches Erlebnis in einem verrufenen griechischen Wald.

Im gleichen Zeitraum beschäftigte sich auch Sir Walter Scott häufig mit dem Unheimlich-Übernatürlichen, das er in viele seiner Romane und Gedichte einwob und aus dem er bisweilen selbständige Erzählungen wie »The Tapestried Chamber« oder »Wandering Willie's Tale« in seinem Roman *Redgauntlet* schuf, wobei in letzterer die Wirkung des Gespenstischen und des Diabolischen durch die groteske Hausbackenheit von Sprache und Atmosphäre noch verstärkt wird. 1830 veröffentlichte Scott seine *Letters on Demonology and Witchcraft*, die immer noch einen der besten Abrisse der europäischen Hexenkunde darstellen. Washington Irving ist eine weitere berühmte Schriftstellergestalt, die eine gewisse Affinität zum Unheimlich-Übernatürlichen hat, denn obwohl die meisten seiner Geister zu skurril und humoristisch sind, um eine genuine Gespensterliteratur entstehen zu lassen, ist doch in vielen seiner Schöpfungen eine deutliche Neigung in diese Richtung festzustellen. »The Adventure of the German Student« aus den *Tales of a Traveller* (1824) ist eine geschickt gemachte, prägnante und wirkungsvolle Darstellung der alten Sage von der toten Braut, während in das humorvolle Gewebe der im gleichen Band erschienenen Geschichte »The Money-Diggers« mehr als nur ein Hinweis auf Piratenerscheinungen eingewirkt ist, die das Gebiet, in dem Captain Kidd einst umherstreifte, heimsuchen. Thomas Moore schloß sich ebenfalls den Reihen der Künstler des Makabren an, und zwar mit dem Gedicht *Alciphron*, das er später zu dem Roman *The Epicurean* (1827) ausarbeitete. Obwohl darin lediglich die Abenteuer eines jungen Atheners erzählt werden, der durch die Tricks gerissener ägyptischer Priester düpiert wird, gelingt Moore es doch, in seine Schilderung der subterranen Schrecken und Wunder unter den uralten Tempeln von Memphis viel echtes Grauen einfließen zu lassen. De Quincey schwelgt mehr als einmal in grotesken und arabesken Schrecken, indes mit einer Oberflächlichkeit und einem gelehrten Pomp, die ihm den Rang eines Spezialisten versagen.

Diese Ära erlebte auch den Aufstieg von William Harrison Ainsworth, dessen romantische Romane vor Unheimlichem und Grausigem nur so strotzen. Captain Marryat verfaßte kurze Erzählungen wie zum Beispiel »The Werewolf« und leistete darüber hinaus einen denkwürdigen Beitrag mit *The Phantom Ship* (1839), das auf der Sage vom Fliegenden Holländer basiert, dessen Gespensterschiff dazu verdammt ist, für immer vor dem Kap der Guten Hoffnung zu kreuzen. Dickens tritt nun gelegentlich mit kleinen unheimlich-übernatürlichen

Texten wie etwa »The Signalman« hervor; diese Geschichte, in der es um eine Warnung aus dem Geisterreich geht, folgt einem altvertrauten Muster, hat aber gleichzeitig einen Anstrich von Wahrscheinlichkeit, was sie mit der kommenden psychologischen Schule ebensosehr verbindet wie mit der absterbenden gotischen Schule. Zu jener Zeit schlugen – ganz ähnlich wie heutzutage – die Wellen des Interesses an spiritistischen Scharlatanerien, Mediumismus, hinduistischer Theosophie und dergleichen hoch, so daß die Zahl unheimlich-übernatürlicher Erzählungen mit »parapsychischer« oder pseudowissenschaftlicher Basis ein beträchtliches Ausmaß annahm. Für eine Anzahl dieser Werke war der fruchtbare und beliebte Schriftsteller Lord Edward Bulwer-Lytton verantwortlich, und trotz der großen Dosis an schwülstiger Rhetorik und leerem Romantizismus läßt sich nicht leugnen, daß es ihm gelang, seinen Produkten eine bestimmte Art von bizarrem Zauber zu verleihen.

Die Geschichte »The House and the Brain«, in der sich Anspielungen auf das Rosenkreuzertum und auf eine bösartige, unsterbliche Figur finden, die vielleicht durch St. Germain, den mysteriösen Höfling Ludwigs XV., angeregt wurde, ist nach wie vor eine der besten kurzen Erzählungen über ein Spukhaus, die je geschrieben wurden. Der Roman *Zanoni* (1842) enthält ähnliche Elemente in ausführlicherer Darstellung und bringt eine unermeßliche, unbekannte Seinssphäre ins Spiel, die in unserer unmittelbaren Umgebung existiert und von einem furchtbaren »Bewohner der Schwelle« bewacht wird, der all jene heimsucht, die in diese Sphäre einzudringen versuchen und dabei scheitern. Es geht in dem

Buch um eine wohlwollende Bruderschaft, die von Jahrhundert zu Jahrhundert am Leben erhalten wurde, bis sie schließlich auf ein einziges Mitglied reduziert ist, und als Held fungiert ein alter chaldäischer Zauberer, der in der makellosen Blüte seiner Jugend fortlebt, um dann während der Französischen Revolution unter der Guillotine zu sterben. Obwohl dieses Werk vom Geist der herkömmlichen Trivialromantik erfüllt ist, obwohl ihm ein plumpes Geflecht von symbolischen und didaktischen Bedeutungen zum Schaden gereicht und es letztlich nicht zu überzeugen vermag, weil ihm die vollkommene atmosphärische Gestaltung der Situationen fehlt, die sich um die Geisterwelt drehen, ist es als romantischer Roman wirklich eine exzellente Arbeit und kann heutzutage von einem intellektuell nicht zu anspruchsvollen Leser mit echtem Gewinn gelesen werden. Es ist amüsant zu beobachten, daß es der Autor bei der Beschreibung eines Versuchs, in die uralte Bruderschaft aufgenommen zu werden, nicht vermeiden kann, sich des stereotypen gotischen Schlosses Walpolescher Provenienz zu bedienen.

In *A Strange Story* (1862) zeigt Bulwer-Lytton deutliche Fortschritte bei der Erschaffung unheimlich-übernatürlicher Bilder und Stimmungen. Der Roman ist trotz enormer Länge, einer höchst künstlichen Handlung, die durch günstige Zufälle in Gang gehalten wird, und einer Atmosphäre im Predigerton vermittelter Pseudowissenschaft, die den tatsachenorientierten und pragmatischen viktorianischen Leser zufriedenstellen sollte, als Erzählung ungemein wirkungsvoll, ruft ein sofortiges und nicht nachlassendes Interesse hervor und bietet viele eindrucksvolle – wenn auch etwas melodramatische – Tableaus und Höhepunkte. Abermals geht es um das

Lebenselixier, das sich hier der mysteriöse und seelenlose Magier Margrave zunutze macht, dessen finstere Taten sich mit dramatischer Lebendigkeit gegen den zeitgenössischen Hintergrund einer ruhigen englischen Stadt und des australischen Busches abheben, und abermals wird das schemenhafte Bild eines unermeßlichen Geisterreichs, einer um uns herum existierenden Welt des Unbekannten gezeichnet, diesmal jedoch mit wesentlich größerer Kraft und Anschaulichkeit als in *Zanoni*. Eine der beiden großen Beschwörungsepisoden, in der der Held von einem leuchtenden bösen Geist genötigt wird, sich des Nachts im Schlaf zu erheben, einen eigenartigen ägyptischen Zauberstab zu ergreifen und in dem von Gespenstern heimgesuchten, gegenüber einem Mausoleum gelegenen Pavillon eines berühmten Alchimisten der Renaissance grauenhafte Wesenheiten herbeizurufen, gehört wahrlich zu den bedeutendsten Schreckensszenen der Literatur. Es wird gerade soviel angedeutet, wie erforderlich, und nur das Nötigste mitgeteilt. Zweimal werden dem Schlafwandler unbekannte Worte eingegeben, und als er sie wiederholt, bebt die Erde, und alle Hunde der Nachbarschaft beginnen, halb wahrnehmbare amorphe Schatten anzubellen, die im Mondschein umhergeistern. Als ihm eine dritte Gruppe von unbekannten Worten eingesagt wird, sträubt sich die Seele des Schlafwandlers plötzlich, sie auszusprechen, als könne die Seele Schrecken von äußerster Entsetzlichkeit erkennen, die dem Verstand verborgen bleiben, und schließlich bricht die Erscheinung seiner abwesenden Geliebten wie ein guter Engel den unheilvollen Bann. Dieser Passus veranschaulicht sehr gut, in welchem Maße Lord Lytton es vermochte, den üblichen Pomp und die trivialromantischen Klischees hinter sich zu lassen und zu jener kristallinen Essenz künstlerisch gestalteter Angst zu gelangen, die dem Bereich der Dichtkunst angehört. Bei der Beschreibung bestimmter Details der Beschwörungen konnte Lytton auf seine okkultistischen Studien zurückgreifen, die er mit drolliger Ernsthaftigkeit betrieb und in deren Verlauf er mit jenem sonderbaren französischen Gelehrten und Kabbalisten Alphonse-Louis Constant (»Eliphas Lévi«) in Kontakt kam, der behauptete, die Geheimnisse der antiken Magie zu besitzen und den Geist des alten griechischen Zauberers Apollonius von Tyana, der zur Zeit Neros lebte, herbeigerufen zu haben.

Die romantische, semi-gotische, quasi-moralische Tradition, die hier dargestellt ist, wurde bis weit ins neunzehnte Jahrhundert hinein fortgeführt von Autoren wie Joseph Sheridan LeFanu, Thomas Preskett Prest mit seinem berühmten *Varney, the Vampyre* (1847), Wilkie Collins, Sir Henry Rider Haggard (dessen Roman *She* wirklich bemerkenswert gut ist), Sir Arthur Conan Doyle, H. G. Wells und Robert Louis Stevenson – wobei letzterer trotz einer abscheulichen Neigung zu kecken Manierismen unvergängliche Klassiker wie »Markheim«, »The Body Snatcher« und *Dr. Jekyll and Mr. Hyde* schuf. Man darf sogar sagen, daß diese literarische Schule immer noch existiert, denn ihr gehören zweifelsohne all jene unserer zeitgenössischen Horrorerzählungen an, die sich mehr auf Ereignisse als auf atmosphärische Details konzentrieren, eher den Verstand ansprechen als die für Impressionen empfängliche Phantasie, größeren Wert auf leuchtendes Kolorit als auf unheilschwangere Spannung und psychologische Wahrscheinlichkeit legen und die an der Menschheit und ihrem Wohlergehen entschieden Anteil nehmen. Diese Richtung hat ihre unleugbaren Meriten, und aufgrund ihrer »menschlichen Komponente« verfügt sie über ein breiteres Publikum als die rein künstlerische Gestaltung des Grauens. Wenn sie nicht ganz so überzeugend ist wie letztere, dann liegt das daran, daß ein verwässertes Produkt nie die Stärke einer konzentrierten Essenz erlangen kann.

Ganz einzigartig – sowohl als Roman wie auch als Werk der Schreckensliteratur – stehen die berühmten *Wuthering Heights* (1847) von Emily Brontë da, in denen ein grelles Bild der öden windgepeitschten Moore von Yorkshire und der ungestümen, seelisch deformierten Menschen, die dieses Ambiente hervorbringt, gezeichnet wird. Obwohl hier in erster Linie vom menschlichen Leben und von Qualen und Konflikten der Leidenschaft erzählt wird, gewährt der weit abgesteckte kosmische Rahmen doch Raum für Horror der spirituellsten Art. Der Protagonist Heathcliff, eine Abwandlung des schurkischen Byronschen Helden, ist ein seltsamer dunkelhäutiger Findling, der als kleines Kind auf der Straße aufgelesen wird und nur ein eigenartiges Kauderwelsch spricht, bis er von der Familie adoptiert wird, die er dann später ruiniert. Daß er in Wirklichkeit eher ein böser Geist als ein menschliches Wesen ist, wird mehr als einmal angedeutet, und das Erlebnis eines Besuchers, der an einem oberen Fenster, gegen das der Ast eines Baumes schlägt, dem klagenden Geist eines Kindes begegnet, läßt die Sphäre des Unwirklichen noch näher rücken. Zwischen Heathcliff und Catherine Earnshaw besteht eine Bindung, die tiefer und furchtbarer ist als menschliche

Liebe. Nach ihrem Tod stört er zweimal die Ruhe ihres Grabes, und er wird von einem ungreifbaren Wesen heimgesucht, das nichts anderes als ihr Geist sein kann. Dieser Geist dringt mehr und mehr in sein Leben ein, und schließlich gelangt Heathcliff zu der Überzeugung, daß eine mystische Wiedervereinigung mit Catherine nahe bevorstehe. Er sagt, er fühle eine seltsame Veränderung kommen, und nimmt keine Nahrung mehr zu sich. Nachts streift er entweder draußen umher oder öffnet das Fenster neben seinem Bett. Nach seinem Tod steht das Fenster immer noch offen und bewegt sich hin und her, während der Regen hereinströmt, und auf seinem erstarrten Gesicht liegt ein eigentümliches Lächeln. Man beerdigt ihn neben dem Grabhügel, den er achtzehn Jahre lang ständig aufgesucht hat, und kleine Hirtenjungen erzählen, daß er nach wie vor mit seiner Catherine auf dem Friedhof und auf dem Moor umherstreife, wenn es regnet. Auch ihre Gesichter sieht man in manchen regnerischen Nächten hinter jenem oberen Fenster von Wuthering Heights. Das Unheimliche und Angsteinflößende, wie Miss Brontë es gestaltet, ist kein bloßes Echo des Gotischen, sondern bringt in dichter Weise den Schauder zum Ausdruck, mit dem der Mensch auf das Unbekannte reagiert. In dieser Hinsicht wird *Wuthering Heights* zum Symbol eines literarischen Übergangs und zeigt die Entstehung einer neuen und lebenskräftigeren Schule an.

Phantastische Literatur auf dem Kontinent

Auf dem Kontinent gedieh der literarische Horror ebenfalls vortrefflich. Die berühmten Erzählungen und Romane von Ernst Theodor Wilhelm Hoffmann (1776 - 1822) sind ein Musterbeispiel für vollendete Hintergrundsgestaltung und formale Reife, obwohl sie zum Leichtfertigen und Überspannten neigen und ihnen die intensiven Momente nackten, atemlosen Entsetzens fehlen, die einem weniger subtilen Schriftsteller vielleicht gelungen wären. Im allgemeinen bringen sie eher das Groteske als das Furchterregende zum Ausdruck. Die künstlerischste aller kontinentalen unheimlich-über-natürlichen Geschichten ist der von Friedrich Heinrich Karl Baron de la Motte Fouqué verfaßte deutsche Klassiker *Undine* (1811). Diese Erzählung über einen Wassergeist, der einen Sterblichen heiratet und eine menschliche Seele erhält, ist mit einer Feinheit und einem handwerklichen Geschick ausgeführt, die sie in jedem Bereich der Literatur zu einem bemerkenswerten Werk machen, und sie besitzt eine Leichtigkeit und Natürlichkeit, die sie in die Nähe der echten Volkssagen rückt. Sie geht auch tatsächlich auf eine Geschichte zurück, die der Renaissancearzt und Alchimist Paracelsus in seiner Abhandlung über Elementargeister erzählt.

Undine, Tochter eines mächtigen Fürsten der Wassergeister, ist als kleines Kind von ihrem Vater mit der Tochter eines Fischers vertauscht worden, damit sie durch die Heirat mit einem Menschen eine Seele erwerben kann. In der Hütte ihres Pflegevaters, die in der Nähe eines Sees und am Rande eines verwunschenen Waldes liegt, begegnet sie dem edlen Jüngling Huldbrand, den sie bald darauf heiratet und auf sein Stammschloß Ringstetten begleitet. Nach einiger Zeit wird Huldbrand jedoch der übernatürlichen Verbindungen seiner Frau überdrüssig, insbesondere der Erscheinungen ihres Onkels, des boshaften Wald- und Wassergeistes Kühleborn – ein Überdruß, der noch durch seine wachsende Zuneigung zu Bertalda verstärkt wird, die, wie sich herausstellt, die Tochter des Fischers ist, mit der Undine einst vertauscht wurde. Schließlich läßt er sich bei einer Fahrt auf der Donau durch einen unschuldigen Akt seiner ihm ergebenen Frau dazu hinreißen, die zornigen Worte auszusprechen, die sie in ihr übernatürliches Element zurückzwingen; von dort kann sie, gemäß den Gesetzen ihrer Art, nur noch einmal zurückkehren – um ihn, ob sie will oder nicht, zu töten, falls er ihr je untreu werden sollte. Später, als Huldbrand Bertalda heiratet, kommt Undine dann zurück, um ihre traurige Pflicht zu erfüllen, und nimmt ihm unter Tränen das Leben. Als er auf dem Dorffriedhof zwischen seinen Vorfahren bestattet wird, taucht unter den Trauernden eine verschleierte, schneeweiße Frauengestalt auf, die jedoch nach der Andacht verschwunden ist. An ihrer Stelle ist eine kleine silberhelle Quelle zu sehen, die das neue Grab fast ganz umrieselt und sich dann in einen nahegelegenen Teich ergießt. Die Dorfbewohner zeigen die Quelle auch noch in späterer Zeit und behaupten, daß Undine und ihr Huldbrand auf diese Weise im Tod vereint seien. Viele Passagen und atmosphärische Details in dieser Erzählung weisen Fouqué als vollendeten Künstler im Bereich des Schaurigen aus; das gilt besonders für die in einem frühen Kapitel gegebene Schilderung des verwunschenen

Waldes mit seinem riesigen weißen Mann und diversen anderen namenlosen Schrecken.

Nicht so bekannt wie *Undine*, doch bemerkenswert, weil von überzeugendem Realismus und frei von gotischen Klischees, ist Wilhelm Meinholds *Bernsteinhexe*, ein weiteres Werk, das vom deutschen Genius des Phantastischen in der ersten Hälfte des neunzehnten Jahrhunderts Zeugnis ablegt. Der Autor gab diese Erzählung, die zur Zeit des Dreißigjährigen Krieges spielt, als Manuskript eines Pfarrers aus, das er in der alten Kirche von Coserow gefunden habe. Im Mittelpunkt der Handlung steht die Tochter des Schreibers, Maria Schweidler, die fälschlich der Hexerei angeklagt wird. Sie hat einen Bernsteinfund gemacht, dies jedoch aus verschiedenen Gründen geheimgehalten, und der unerklärliche Reichtum, zu dem sie dadurch gelangt, verleiht der Anklage Glaubwürdigkeit – eine Anklage, die der Wölfe jagende Adlige Wittich Appelmann aus Gehässigkeit in die Wege leitet, weil Maria sich seinen unehrenhaften Absichten ihr gegenüber widersetzt hat. Die Untaten einer echten Hexe, die später im Gefängnis ein schreckliches übernatürliches Ende findet, werden geschickt der unglücklichen Maria zur Last gelegt, und nach einem typischen Hexenprozeß mit unter der Folter erzwungenen Geständnissen soll sie auf dem Scheiterhaufen verbrannt werden, wird aber gerade noch rechtzeitig von ihrem Geliebten, einem edlen Jüngling aus einem Nachbardistrikt, gerettet. Meinholds große Stärke liegt darin, daß er seinen Stoff mit einer ungekünstelten Lebensechtheit präsentiert, die unsere Spannung erhöht und unser Gefühl des Phantastischen intensiviert, indem sie uns nahezu davon überzeugt, daß die bedrohlichen Ereignisse auf irgendeine Weise entweder der Wahrheit entsprechen oder ihr sehr nahekommen. Dieser Realismus ist in der Tat so vollendet, daß einmal eine populäre Zeitschrift die wichtigsten Punkte der *Bernsteinhexe* als wirkliches Ereignis aus dem siebzehnten Jahrhundert veröffentlichte!

In der heutigen Generation wird die deutsche Horrorliteratur am hervorragendsten durch Hanns Heinz Ewers vertreten, der in seinen düsteren Schöpfungen wirkungsvoll Kenntnisse in moderner Psychologie zur Anwendung bringt. Romane wie *Der Zauberlehrling* und *Alraune* und Kurzgeschichten wie »Die Spinne« weisen spezifische Qualitäten auf, die sie auf ein klassisches Niveau heben.

Doch ebenso wie Deutschland ist auch Frankreich auf dem Gebiet des Unheimlich-Übernatürlichen aktiv gewesen. Victor Hugo und Balzac – ersterer in Werken wie *Han d'Islande*, letzterer in *La peau de chagrin*, *Séraphîta* und *Louis Lambert* – bedienen sich beide in mehr oder minder großem Maße des Übernatürlichen, wenn auch im allgemeinen nur als Mittel zu einem den Menschen betreffenden Zweck und ohne den lauteren und dämonischen Eifer, der den geborenen Gestalter des Schattenhaften kennzeichnet. Es ist Théophile Gautier, bei dem wir zum erstenmal in der französischen Literatur ein authentisches Gespür für die Welt des Unwirklichen zu finden meinen; er zeigt eine Meisterschaft im Phantastischen, die zwar nicht durchgehend zur Anwendung kommt, jedoch sofort als etwas gleichermaßen Echtes und Profundes erkennbar ist. Erzählungen wie »Avatar«, »Le pied de momie« und »La morte amoureuse« schildern Vorgänge, welche die dem Menschen gesetzten

Grenzen überschreiten und verlockend, peinigend, manchmal entsetzlich sind, während den in »Une nuit de Cléopatre« heraufbeschworenen Bildern des alten Ägypten eine ungeheure Ausdruckskraft eignet. Gautier hat die Seele des äonenalten Ägypten – mit seinem rätselhaften Leben und seiner gigantischen Architektur – in ihrer Essenz eingefangen und dem ewigen Grauen seiner unterirdischen Katakombenwelt, wo bis zum Ende aller Zeiten Millionen von steifen einbalsamierten Leichnamen mit glasigen Augen in die Finsternis starren und darauf warten, daß eine schreckliche, nicht wiederzugebende Aufforderung an sie ergeht, letztgültigen Ausdruck verliehen. Gustave Flaubert führte mit Orgien der dichterischen Phantasie wie der *Tentation de saint Antoine* gekonnt die Tradition Gautiers fort, und wäre nicht sein starker Hang zum Realismus gewesen, hätte er ein meisterhafter Schöpfer schwelgerisch prunkvoller Werke des Schreckens werden können. Später beobachten wir dann, wie der Strom sich teilt und auf der einen Seite bizarre Dichter und Phantasten der symbolistischen und dekadenten Schule hervorbringt, deren düstere Interessen sich im Grunde mehr auf Anomalien menschlichen Denkens und Triebverhaltens konzentrieren als auf das wirklich Übernatürliche, auf der anderen Seite jedoch subtile Erzähler, deren Nervenkitzel direkt aus den nachtschwarzen Quellen der kosmischen Unwirklichkeit stammen. Der bedeutendste Vertreter der erstgenannten Kategorie »sündiger« Künstler ist der illustre, stark von Poe beeinflußte Dichter Baudelaire, während der psychologische Romancier Joris-Karl Huysmans, ein echtes Kind der neunziger Jahre des neunzehnten Jahrhunderts, Summe und Finale in einem darstellt. Die letztgenannte, nur aus Erzählern bestehende Art wird von Prosper Mérimée fortgeführt, dessen »Vénus d'Ille« in prägnanter und überzeugender Prosa das gleiche, aus alter Zeit stammende Thema der Statuenbraut behandelt, das Thomas Moore in »The Ring« in Balladenform gestaltet hat.

Die Horrorerzählungen des kraftvollen und zynischen Guy de Maupassant, die dieser schrieb, als er immer mehr seinem tödlichen Wahnsinn verfiel, stellen eine Klasse für sich dar; sie sind eher morbide Ergüsse eines realistischen Geistes in krankhaftem Zustand als gesunde Erfindungen eines Vorstellungsvermögens, das von Natur aus zum Phantastischen neigt und für die normalen Trugbilder des Unwirklichen empfänglich ist. Nichtsdestoweniger sind sie hochinteressant und ungemein packend, suggerieren sie doch mit wunderbarer Kraft die drohende Gefahr namenloser Schrecken und schildern, wie ein unglückliches Individuum unerbittlich von gräßlichen und bedrohlichen Vertretern der kosmischen Finsternis gehetzt wird. Als beste dieser Geschichten gilt gemeinhin »Le horla«. Darin wird erzählt, wie ein unsichtbares Wesen in Frankreich eintrifft, das von Wasser und Milch lebt, das Denken anderer beeinflußt und die Vorhut einer Horde extraterrestrischer Organismen zu sein scheint, die auf die Erde gekommen sind, um die Menschheit zu unterjochen. Diese spannungsgeladene Geschichte ist in ihrem spezifischen Bereich wohl ohnegleichen, ungeachtet der Tatsache, daß sie in der Beschreibung der Präsenz des unsichtbaren Monsters einer Erzählung des Amerikaners Fitz-James O'Brien verpflichtet ist. Weitere eindrucksvoll düstere Schöpfungen de Maupassants sind »Qui sait?«, »Apparition«, »Lui?«,

»Un fou«, »Le loup«, »Sur l'eau« sowie die schauerlichen Verse mit dem Titel »Horreur«.

Das Autorengespann Erckmann-Chatrian bereicherte die französische Literatur mit zahlreichen gespenstischen Phantasien, darunter der Kurzroman *Hugues le loup*, wo sich ein überkommener Fluch im traditionellen Ambiente eines gotischen Schlosses erfüllt. Das Vermögen der beiden Autoren, eine gruselige mitternächtliche Atmosphäre zu erzeugen, war enorm, trotz ihrer Neigung zu natürlichen Erklärungen und wissenschaftlichen Wundern, und nur wenige kurze Erzählungen warten mit größerem Grauen auf als »L'œil invisible«, wo ein bösartiges altes Weib nachts einen hypnotischen Zauber wirkt, der die aufeinanderfolgenden Bewohner eines bestimmten Gasthofzimmers veranlaßt, sich an einem Balken aufzuhängen. »L'oreille de la chouette« und »L'araignée crabe« sind von Düsternis und Geheimnis gesättigt, wobei in letzterer das bekannte Thema der Riesenspinne behandelt wird, das so häufig von Autoren des Unheimlich-Übernatürlichen verwendet wird. Villiers de l'Isle-Adam schloß sich ebenfalls der Schule des Makabren an; seine Geschichte »La torture par l'espérance« gilt manchen als die qualvollste Short story der Literatur, denn hier wird von einem zum Tode auf dem Scheiterhaufen verurteilten Gefangenen erzählt, dem man gestattet zu fliehen, damit er die Pein der erneuten Gefangennahme empfindet. Dieser Texttyp gehört jedoch weniger zur Tradition des Unheimlich-Übernatürlichen und bildet vielmehr eine Klasse für sich – die sogenannte *conte cruel*, in der durch quälende Spannung, dramatische Vereitelung von Hoffnungen und schauerliche physische Schrecken an den Nerven gezerrt wird. Fast gänzlich dieser Form verschrieben hat sich der Schriftsteller Maurice Level, dessen äußerst kurze Texte sich als sehr geeignet erwiesen haben, fürs Theater adaptiert und zu »Reißern« des Grand Guignol umgearbeitet zu werden. Genaugenommen liegt dieser düstere Realismus dem französischen Genius von Natur aus mehr als die Evokation des Unsichtbaren, denn um den letztgenannten Prozeß optimal und mit höchster Einfühlsamkeit im großen Stil gestalten zu können, bedarf es des dem nordischen Geist innewohnenden Mystizismus.

Ein üppig, wenn auch bis vor kurzem unbemerkt blühender Zweig der unheimlich-übernatürlichen Literatur ist das Schrifttum der Juden, das im verborgenen von dem düsteren Erbe frühorientalischer Magie, Apokalyptik und Kabbalistik lebendig erhalten und gespeist wurde. Der semitische Geist scheint, ebenso wie der keltische und der teutonische, eine ausgeprägte Neigung zum Mystischen zu besitzen, und der Reichtum an geheimem Wissen um schauerliche Dinge, der sich in Ghettos und Synagogen erhalten hat, muß viel beträchtlicher sein, als man sich gemeinhin vorstellt. Die Kabbalistik als solche, die im Mittelalter eine so große Rolle spielte, ist ein philosophisches System, welches das Universum als Emanationen der Gottheit erklärt und den Glauben an seltsame spirituelle Bereiche und Wesen einschließt, die jenseits der sichtbaren Welt existieren und von denen man mittels bestimmter geheimer Beschwörungen einen flüchtigen Blick zu erhaschen vermag. Das kabbalistische Ritual ist eng mit mystischen Interpretationen des Alten Testaments verknüpft und schreibt jedem Buchstaben des hebräischen Alphabets eine esoterische Bedeutung zu – ein Umstand, der den hebräischen Buchstaben in der volkstümlichen magischen Literatur eine Art gespenstischen Glanz und gespenstische Macht verliehen hat. Die jüdische Folklore hat viel von den Schrecken und Mysterien der Vergangenheit bewahrt, und wenn man sie gründlicher studierte, würde sie wahrscheinlich einen beträchtlichen Einfluß auf die unheimlich-übernatürliche Literatur ausüben. Die besten Beispiele ihrer literarischen Verwendung sind bis dato der deutsche Roman *Der Golem*, von Gustav Meyrink, und das Drama *Der Dibbuk*, von dem jüdischen Schriftsteller, der das Pseudonym »An-Ski« benutzte. Das erstgenannte Werk, voll quälend unbestimmter Anspielungen auf Wunder und Schrecken, die nicht zu greifen sind, spielt in Prag und beschreibt mit einzigartiger Meisterschaft dessen altes Ghetto mit seinen gespenstischen spitzen Giebeln. Der titelgebende Name geht auf einen sagenhaften künstlichen Riesen zurück, der angeblich von mittelalterlichen Rabbis mittels einer geheimen Formel geschaffen und zum Leben erweckt wurde. *Der Dibbuk*, 1925 in Amerika übersetzt und inszeniert und erst vor kurzem als Oper aufgeführt, schildert mit singulärer Kraft, wie die böse Seele eines Toten von einem lebenden Menschen Besitz ergreift. Sowohl Golems als auch Dibbuks sind feststehende Typen, denen man in der späteren jüdischen Tradition häufig begegnet.

Edgar Allan Poe

In den dreißiger Jahren des neunzehnten Jahrhunderts brach eine literarische Morgenröte an, die nicht nur auf die Geschichte der unheimlich-übernatürlichen Erzählung, sondern auch auf die der erzählerischen Kurzprosa insgesamt eine direkte Wirkung ausübte und die indirekt die Tendenzen und Geschicke einer bedeutenden ästhetischen Schule in Europa formte. Wir sind als Amerikaner in der glücklichen Lage, diese Morgenröte als unser Eigen beanspruchen zu können, denn sie manifestierte sich in der Person unseres illustren und unglücklichen Landsmannes Edgar Allan Poe. Poes Ruhm war von jeher merkwürdigen Schwankungen ausgesetzt, und unter der »fortschrittlichen Intelligenzija« ist es jetzt Mode, seine Bedeutung als Künstler und die Wichtigkeit seines Einflusses herunterzuspielen. Jedem reifen und nachdenklichen Kritiker dürfte es indes schwerfallen, den enormen Wert seines Werkes und seine überwältigende geistige Potenz, die neue künstlerische Perspektiven eröffnete, in Abrede zu stellen. Gewiß, seine Anschauungsweise mag bei anderen vorweggenommen sein, doch Poe war der erste, der ihre Möglichkeiten erkannte und ihr in vollendeter Form systematisch Ausdruck verlieh. Es mag auch sein, daß nach ihm kommende Schriftsteller einzelne Erzählungen geschaffen haben, die bedeutender sind als seine, doch dabei müssen wir uns vor Augen führen, daß allein er es war, der sie durch praktische Beispiele und theoretische Erörterungen die Kunst lehrte, die sie, nachdem er den Weg für sie gebahnt und ihnen eine deutliche Richtschnur gegeben hatte, vielleicht zu größerer Vollendung zu führen vermochten. Welcher Art auch immer seine Grenzen sein mögen – Poe tat etwas, was kein anderer je getan hat oder hätte tun können, und ihm verdanken wir die moderne Horrorstory in ihrer endgültigen und vollendeten Form.

Vor Poe waren die meisten Verfasser unheimlich-übernatürlicher Literatur weitgehend mit geistiger Blindheit geschlagen. Sie verstanden nichts von der psychologischen Grundlage, die die Anziehungskraft des Grauens hat, und ihre Arbeit wurde dadurch gehemmt, daß sie in mehr oder minder großem Maße bestimmten leeren literarischen Konventionen wie dem Happy-End, bei dem die Tugendhaften belohnt werden, folgten, sowie dadurch, daß sie sich einer hohlen moralischen Lehrhaftigkeit befleißigten, allgemeine Maßstäbe und Werte akzeptierten und bestrebt waren, eigene Gefühle in die Geschichte einzubringen und sich auf die Seite derer zu stellen, die den künstlichen Ideen der Mehrheit anhängen. Poe hingegen erkannte, daß der wahre Künstler unpersönlich zu sein hat, und wußte, daß die Funktion fiktiver Literatur darin besteht, Ereignisse und Empfindungen lediglich so, wie sie sind, auszudrücken und zu analysieren, ganz gleich, in welche Richtung sie zielen oder was sie beweisen – sie mögen gut oder böse, anziehend oder abstoßend, anregend oder deprimierend sein –, wobei der Autor immer als aufmerksamer und distanzierter Chronist, nicht jedoch als Lehrer, Sympathisant oder Verkäufer von Meinungen auftritt. Er sah deutlich, daß alle Aspekte des Lebens und Denkens gleichermaßen als Stoff für den Künstler geeignet sind, und da er vom Temperament her zum Seltsamen und Düsteren neigte, beschloß er, zum Interpreten jener starken

Gefühle und häufig eintretenden Ereignisse zu werden, die eher mit Schmerz als mit Freude, eher mit Verfall als mit Wachstum, eher mit Schrecken als mit Gemütsruhe verbunden sind und die *au fond* den Neigungen und herkömmlichen äußerlichen Gefühlsregungen der Menschen sowie der körperlich-geistigen Gesundheit und dem normalen allgemeinen Wohlergehen der menschlichen Rasse zuwiderlaufen, beziehungsweise ohne Bedeutung für sie sind.

Poes Gespenster nahmen deshalb eine überzeugende Bösartigkeit an, die keiner ihrer Vorgänger besaß, und setzten in den Annalen des literarischen Grauens einen neuen, realistischen Maßstab. Der unpersönlichen und künstlerischen Intention kam überdies eine wissenschaftliche Einstellung zu Hilfe, wie sie zuvor nicht oft zu finden war; aus dieser Haltung heraus studierte Poe mehr das menschliche Gemüt als die Verfahrensweisen der gotischen Prosa und arbeitete mit einem analytischen Wissen um die wahren Quellen des Schreckens, das die Überzeugungskraft seiner Erzählungen verdoppelte und ihn von all den Absurditäten befreite, die der konventionellen Erzeugung von Schauder innewohnen. Nachdem dieses Beispiel gesetzt worden war, sahen sich spätere Autoren natürlich gezwungen, ihm zu folgen, um überhaupt mithalten zu können, so daß auf diese Weise der Hauptstrom der Schauerliteratur einen deutlichen Wandel durchzumachen begann. Auch Poes vollendetes handwerkliches Können wirkte tonangebend, und obwohl uns heute manches in seinem Werk ein wenig melodramatisch und naiv vorkommt, können wir doch ständig seinen Einfluß feststellen bei Dingen wie der Wahrung einer einzigen Stimmung, der Erzielung eines einzigen Eindrucks innerhalb einer Erzählung und der rigorosen Reduktion der Ereignisse auf solche, die direkt mit der Handlung in Zusammenhang stehen und auf dem Höhepunkt eine entscheidende Rolle spielen. In der Tat kann man sagen, daß Poe die Short story in ihrer gegenwärtigen Form erfand. Daß er Themen wie Krankheit, Perversität und Verfall auf die Ebene des künstlerisch Ausdrückbaren hob, hatte eine ebenso weitreichende Wirkung, griff doch sein eminenter französischer Bewunderer Charles Pierre Baudelaire diese Themen begierig auf, propagierte sie und baute sie aus, so daß sie zu zentralen Programmpunkten der wichtigsten ästhetischen Bewegungen in Frankreich wurden, was Poe in gewissem Sinne zum Ahnherrn der Décadents und der Symbolisten macht.

Poe, Dichter und Kritiker von Natur aus und, aufgrund überragender Fertigkeiten, Logiker und Philosoph aus Neigung und Verschrobenheit, war keineswegs frei von Schwächen und Affektiertheiten. Seine Vortäuschung profunder Gelehrsamkeit und obskuren Wissens, seine stümperhaften Versuche in gestelztem und schwerfälligem Pseudohumor und seine oft gehässigen Ausbrüche kritischen Vorurteils – all das muß man zur Kenntnis nehmen und vergeben. Hinter und über all dem stand, es zur Bedeutungslosigkeit zusammenschrumpfen lassend, die Vision eines Meisters, eine Vision vom Schrecken, der um und in uns lauert, und vom Wurm, der sich geifernd im entsetzlich nahen Abgrund windet. Diese Vision drang bis zu jedem schwärenden Horror in dem bunt bemalten Blendwerk, genannt Leben, und in der feierlichen Maskerade, menschliches Denken und Fühlen genannt, vor und besaß die Kraft, sich in schwarzmagischen Kristallisationen und Transmutationen niederzuschlagen, bis schließlich im sterilen Amerika der dreißiger und vierziger Jahre ein mondgenährter Garten prächtiger Giftpilze erblühte, wie ihn nicht einmal die Niederungen des Saturn aufzuweisen haben. Die Gedichte wie die Erzählungen schlagen kontinuierlich den Grundton kosmischen Entsetzens an. Der Rabe, dessen widerwärtiger Schnabel das Herz durchbohrt, die Ghule, die in pestverseuchten Kirchtürmen eiserne Glokken läuten, die Gruft Ulalumes in einer schwarzen Oktobernacht, die schaurigen Türme und Kuppeln unter dem Meer, das »wilde düstere Land, das erhaben liegt, jenseits des Raums – jenseits der Zeit« – all diese Dinge und viele andere mehr blicken uns im brodelnden Alptraum der Gedichte inmitten irren Getöses tückisch an. In der Prosa aber tut sich vor uns weit der Rachen des Abgrunds auf und konfrontiert uns mit unvorstellbaren Perversitäten, die raffiniert angedeutet werden, bis wir die schreckliche Wahrheit ahnen – angedeutet durch Worte, deren Harmlosigkeit wir kaum bezweifeln, bis uns das Überschnappen der hohlen Stimme des Sprechers veranlaßt, die unaussprechlichen versteckten Bedeutungen dieser Worte zu fürchten –, sowie mit dämonischen Verhaltensweisen und Kräften, die unheilvoll schlummern, bis sie einen angsterfüllten Augenblick lang geweckt werden und zu einer schrillen Manifestation gelangen, die jäh in schnatternden Wahnsinn umschlägt oder sich auf unvergeßliche und verheerende Weise ständig wiederholt. Ein Hexensabbat des Grauens, der alle Hüllen der Schicklichkeit abwirft, wird uns vorgeführt – ein Anblick, der aufgrund des wissenschaftlichen Geschicks, mit dem jede Einzelheit angeordnet und zur bekannten Grausigkeit des materiellen Lebens in eine natürliche, einleuchtende Beziehung gesetzt wird, nur um so ungeheuerlicher wirkt.

Poes Erzählungen zerfallen natürlich in mehrere Kategorien, von denen einige das spirituelle Grauen in reinerer Essenz enthalten als andere. Die Erzählungen, in denen es um logische Gedankengänge und Schlußfolgerungen geht und die Vorläufer der modernen Detektivgeschichte sind, dürfen überhaupt nicht der unheimlich-übernatürlichen Literatur zugerechnet werden, während bestimmte andere Texte, die vermutlich stark von Hoffmann beeinflußt sind, eine Überspanntheit besitzen, die sie in den Grenzbereich des Grotesken verweist. Eine dritte Gruppe wiederum befaßt sich auf eine solche Weise mit abnormer Psychologie und Monomanie, daß zwar dem Schrecklichen, aber nicht dem Unheimlich-Übernatürlichen Ausdruck verliehen wird. Ein beträchtlicher Rest jedoch gehört zur Literatur des übernatürlichen Grauens in seiner ausgeprägtesten Form und sichert dem Autor eine bleibende und unanfechtbare Stellung als Gottheit und Urquell der gesamten modernen diabolischen Literatur. Wer könnte das schreckliche riesige Schiff vergessen, das in »MS. Found in a Bottle« am Rande eines Wogenschlunds schwebt – die dunklen Andeutungen über sein blasphemisches Alter und sein monströses Wachstum, seine sinistre Mannschaft von Graubärten, die den Erzähler nicht wahrnehmen, und seine furchterregende, jagende Fahrt nach Süden, bei der es mit vollen Segeln durch das Eis der antarktischen Nacht saust, fortgerissen von einer unwiderstehlichen Teufelsströmung, die es einem schauerlichen Strudel und einem Geheimnis entgegenträgt, dessen Aufklärung den

Untergang bringen muß? Dann ist da der unsägliche »M. Valdemar«, der nach seinem Tode sieben Monate lang durch Hypnose körperlich zusammengehalten wird und der verzweifelte Laute ausstößt, kurz bevor ihn die Aufhebung des hypnotischen Banns in »eine fast flüssige, in ekelhafte Fäulnis übergegangene Masse« verwandelt. In *The Narrative of A. Gordon Pym* gelangen die Reisenden zunächst in ein seltsames, von mörderischen Wilden bewohntes Land am Südpol, wo es nichts Weißes gibt und wo riesige Felsschluchten die Form gigantischer ägyptischer Buchstaben haben, die von furchtbaren urzeitlichen Geheimnissen der Erde künden; danach kommen sie in eine noch mysteriösere Region, wo alles weiß ist und wo eine verhüllte Riesengestalt und schneeweiße Vögel eine rätselhafte Nebelwand bewachen, die einem Wasserfall gleicht, der sich aus unermeßlicher Höhe in das kochend heiße, milchige Meer ergießt. »Metzengerstein« schreckt mit seinen unheilschwangeren Andeutungen über eine monströse Metempsychose – da haben wir den wahnsinnigen Adligen, der die Stallungen seines Erbfeindes niederbrennt; das kolossale Pferd, das keiner kennt und das aus dem brennenden Gebäude kommt, nachdem der Besitzer darin umgekommen ist; das verschwundene Stück eines alten Wandteppichs, auf dem das gigantische Pferd eines Vorfahren des Opfers dargestellt war; des Wahnsinnigen ständige wilde Ritte auf dem großen Pferd und die Angst und den Haß, die er gegenüber dem Roß empfindet; die unverständliche Prophezeiung, die düster über den verfeindeten Häusern hängt; und schließlich den Brand des dem Wahnsinnigen gehörigen Palastes, der zu Tode kommt, als das Tier, auf dem er so seltsame Ritte unternommen hat, den Hilflosen die Palasttreppe hinauf und in die Flammen trägt. Danach nimmt der aus den Ruinen aufsteigende Rauch die Gestalt eines riesigen Pferdes an. »The Man of the Crowd« erzählt von einem Mann, der Tag und Nacht umherstreift, um sich unter Menschenmassen zu mischen, als fürchte er sich davor, allein zu sein. Die Effekte dieser Geschichte sind zwar gedämpfter, doch die kosmische Angst, die auch in ihr zum Ausdruck kommt, wird dadurch nicht geschmälert. Poes Denken war nie weit von Schrecken und Verfall entfernt, und in all seinen Erzählungen, Gedichten und philosophischen Dialogen spüren wir das intensive Verlangen, unergründete Brunnen der Nacht auszuloten, den Schleier des Todes zu durchdringen und als Herr der furchtbaren Mysterien von Zeit und Raum im Lande der Phantasie zu herrschen.

Bestimmte Erzählungen Poes weisen eine nahezu absolute Perfektheit der künstlerischen Form auf, die sie zu veritablen Leitsternen im Bereich der Short story macht. Wenn er wollte, konnte Poe seiner Prosa ein reiches poetisches Gepräge verleihen, indem er sich jenes archaischen, orientalisierenden Stils bediente, der sich durch prunkvolle Wendungen, quasi-biblische Wiederholungen und refrainartig wiederkehrende Grundgedanken auszeichnet und von späteren Schriftstellern wie Oscar Wilde und Lord Dunsany so erfolgreich verwendet wurde; und in den Fällen, wo Poe das getan hat, kamen lyrische Phantasiegebilde zustande, deren Wirkung nahezu narkotisch ist – Texte, die das Gepränge eines Opiumtraums in der Sprache des Traums entfalten und in denen jede unnatürliche Farbe und jedes groteske Bild in einer Symphonie entsprechender Laute und Klänge dargestellt wird. »The Masque of the Red Death«, »Silence – A Fable« und »Shadow – A Parable« sind zweifellos in jedem Sinne des Wortes – außer im metrischen – Gedichte und verdanken ihre Wirkungskraft ebensosehr dem Sprachrhythmus wie der Bildsprache. Doch es sind zwei der weniger offenkundig poetischen Erzählungen, nämlich »Ligeia« und »The Fall of the House of Usher« – vor allem letztere –, in denen Poe jene absoluten Gipfel künstlerischer Vollendung erreicht, die ihn an die Spitze literarischer Miniaturisten setzen. Simpel und geradlinig im Handlungsverlauf, verdanken diese beiden Geschichten ihre überwältigende magische Kraft der geschickten Durchführung, die sich in der Wahl und Anordnung jedes noch so geringfügigen Umstands zeigt. »Ligeia« berichtet von der ersten Gemahlin des Ich-Erzählers, einer Frau von hoher und geheimnisvoller Abstammung, die mittels ihrer übernatürlichen Willenskraft nach dem Tod zurückkehrt, um vom Körper der zweiten Frau des Erzählers Besitz zu ergreifen, wobei sie im letzten Moment der vorübergehend wieder zum Leben erwachten Leiche ihres Opfers sogar ihre äußere Erscheinung aufzwingt. Trotz einer gewissen Weitschweifigkeit und Kopflastigkeit strebt die Erzählung mit unerbittlicher Macht ihrem schrecklichen Höhepunkt zu. »Usher«, ein Text, der in seinen Einzelteilen und in der Komposition von überragender Qualität ist, gibt auf schaudererregende Weise zu verstehen, daß anorganische Dinge ein verborgenes Leben haben, und führt drei auf abnorme Art miteinander verbundene Wesen vor, die am Ende der langen Geschichte einer isolierten Familie stehen – einen Bruder, seine Zwillingsschwester und ihr unglaublich altes Haus, die alle zusammen eine einzige Seele haben und die in ein und demselben Moment der gemeinsame Untergang ereilt.

Diese bizarren Konzeptionen, die bei einem ungeschickten Autor peinlich wirken würden, geraten durch Poes Zauberkunst zu lebensechten und überzeugenden Schreckgebilden, die uns schlaflose Nächte bereiten, und dies alles, weil er die Mechanismen und die Physiologie der Angst und des Seltsamen so vollkommen verstand – es verstand, die wesentlichen Details hervorzuheben; die genau passenden Ungereimtheiten und Absurditäten auszuwählen, die das Grauen vorbereiten oder begleiten; wie nebenher im voraus die richtigen Vorfälle und Anspielungen einzustreuen, die jeden wichtigen Schritt, der zum gräßlichen Dénouement am Schluß führt, symbolisch oder präfigurativ darstellen; die sich steigernde Wucht so fein zu regulieren und die einzelnen Teile mit derart unfehlbarer Exaktheit zu verknüpfen, daß eine durchweg makellose Einheitlichkeit und eine Klimax von ungeheurer Wirksamkeit zustande kommen; zarte Nuancen von szenischem und landschaftlichem Wert so zu setzen, daß sie die gewünschte Stimmung erzeugen und aufrechterhalten und die angestrebte Illusion mit Leben erfüllen; Prinzipien dieser Art waren es, denen er folgte, sowie Dutzende von anderen, weniger auffälligen, die zu schwer erfaßbar sind, als daß sie von einem gewöhnlichen Interpreten beschrieben oder auch nur völlig verstanden werden könnten. Melodramatisches und Naives mag es bei diesem Autor zwar geben – so wird uns von einem sehr anspruchsvollen Franzosen berichtet, der Poe nur in Baudelaires urbaner und gallisch modulierter Übersetzung erträglich fand –, doch sämtliche Spuren solcher Dinge werden gänzlich in den

Schatten gestellt von einem stark ausgeprägten und angeborenen Sinn für das Gespenstische, das Morbide und das Entsetzliche, mit dem die schöpferische Mentalität des Künstlers getränkt war und der seinem makabren Werk den unauslöschlichen Stempel überragender Genialität aufprägte. Poes unheimlich-übernatürliche Erzählungen sind auf eine Weise *lebendig*, wie es nur wenige andere je zu sein hoffen können.

Wie die meisten Phantasten glänzt Poe eher in der Schilderung von Ereignissen und in der Gestaltung allgemeiner erzählerischer Effekte als in der Charakterzeichnung. Sein typischer Protagonist ist gemeinhin ein dunkelhaariger, gutaussehender, stolzer, melancholischer, intellektueller, höchst sensibler, kapriziöser, introspektiver, isoliert lebender und bisweilen leicht verrückter Gentleman aus alter Familie und von einiger Wohlhabenheit, der gewöhnlich auf seltsamen Wissensgebieten äußerst bewandert ist und im stillen danach strebt, zu verbotenen Geheimnissen des Universums vorzudringen. Von einem hochtrabenden Namen abgesehen, hat diese Figur offenkundig wenig an sich, was auf den frühen gotischen Roman zurückgeht, denn zweifellos entspricht sie weder dem hölzernen Helden noch dem diabolischen Schurken Radcliffescher oder Lewisscher Machart. Indirekt besteht jedoch durchaus eine Art von genealogischem Konnex, da Eigenschaften wie die Schwermut, der Ehrgeiz und die Ungeselligkeit dieser Poeschen Figur stark an den typischen Byronschen Helden gemahnen, der wiederum mit Sicherheit ein Abkömmling der gotischen Manfreds, Montonis und Ambrosios ist. Spezifischere Eigenschaften dieser Figur scheinen sich aus Poes eigener Psyche herzuleiten, der gewiß viel von der Deprimiertheit, der Sensibilität, dem wahnsinnigen Streben, der Einsamkeit und überspannten Absonderlichkeit besaß, die er seinen hochmütigen und einsiedlerischen Opfern des Schicksals zuschreibt.

Die Tradition des Unheimlich-Übernatürlichen in Amerika

Obwohl das Publikum, für das Poe schrieb, seine Kunst nicht im geringsten zu schätzen wußte, waren ihm die grauenvollen Dinge, mit denen er sich befaßte, keineswegs fremd. Abgesehen von der üblichen düsteren Folklore, die man aus Europa übernommen hatte, konnte Amerika auf einen zusätzlichen Fundus unheimlich-übernatürlichen Gedankenguts zurückgreifen, so daß gespenstische Sagen und Legenden bereits als fruchtbarer Stoff der Literatur entdeckt worden waren. Charles Brockden Brown hatte mit seinen Schauerromanen in der Manier Ann Radcliffes phänomenalen Ruhm erlangt, und Washington Irvings heiterere Behandlungen gruseliger Themen waren rasch zu Klassikern avanciert. Dieser zusätzliche Fundus hatte, wie Paul Elmer More aufgezeigt hat, seinen Ursprung sowohl in den lebhaften spirituellen und theologischen Interessen der ersten Siedler als auch in der fremdartigen und bedrohlichen Natur des Ambientes, mit dem sie sich konfrontiert fanden. Die unermeßlichen düsteren Urwälder, in deren ewigem Halbdunkel alle möglichen Schrecken lauern mochten; die Horden kupferfarbener Indianer, in deren eigenartigen finsteren Antlitzen und wilden Sitten vieles auf eine infernalische Herkunft hindeutete; die Zügellosigkeit, mit der unter dem Einfluß der puritanischen Theokratie alle erdenklichen Arten von Vorstellungen ins Kraut schossen, die das Verhältnis des Menschen zu dem strengen und rachsüchtigen Gott der Kalvinisten sowie zu dessen höllischem Gegenspieler betrafen, gegen den jeden Sonntag so viel auf den Kanzeln gewettert wurde; und die morbide Introspektion, bedingt durch das isolierte Leben in einsamen Wäldern, das weder normale Vergnügungen noch Entspannung kannte, durch Gebote zu theologischer Selbstprüfung eingezwängt war, im Zeichen einer unnatürlichen Unterdrückung der Gefühle stand und das vor allem einen einzigen erbitterten Kampf ums Überleben darstellte – all diese Dinge wirkten zusammen und brachten eine Lebenswelt hervor, in der das ungute Geflüster sinistrer alter Frauen weit über die Kaminecke hinausgelangte und in der Geschichten über Hexerei und unglaubliche geheime Greueltaten noch lange nach den furchtbaren Tagen des Salemer Alptraums lebendig blieben.

Poe vertritt die neuere, nüchternere und technisch vollendetere der Schulen des Unheimlich-Übernatürlichen, die diesem günstigen Umfeld entsprangen. Eine andere Schule – jene literarische Tradition, in der moralische Werte vermittelt werden und die sich durch zarte Zurückhaltung und eine milde, gemächliche Phantastik auszeichnet, der ein mehr oder minder großes Maß an Skurrilem beigemischt ist – wird durch eine weitere berühmte, verkannte und einsame Gestalt der amerikanischen Literatur vertreten – den scheuen und sensiblen Nathaniel Hawthorne, Sproß des alten Salem und Urenkel eines der blutigsten Hexenrichter des siebzehnten Jahrhunderts. Bei Hawthorne finden wir nichts von der Heftigkeit, der Kühnheit, der grellen Farbgebung, dem stark ausgeprägten Sinn für das Dramatische, der kosmischen Bösartigkeit und dem ausschließlichen und unpersönlichen Künstlertum, denen wir bei Poe begegnen. Statt dessen tritt uns hier eine zarte Seele entgegen, die vom Puritanismus des frühen Neuengland in ihrer Entwicklung gehemmt wird, eine verschattete und wehmütige Seele, von Kummer erfüllt angesichts einer unmoralischen Welt, die überall die althergebrachten Verhaltensweisen durchbricht, in denen unsere Vorväter das göttliche und unveränderliche Gesetz verkörpert glaubten. Das Böse, für Hawthorne eine sehr reale Macht, taucht an allen Ecken und Enden als lauernder und siegreicher Widersacher auf, und die sichtbare Welt wird in seiner Phantasie zu einem Schauplatz unendlicher Tragik und grenzenlosen Leids, auf und über dem unsichtbare Kräfte ihr Unwesen treiben, die um die Vorherrschaft kämpfen und die Geschicke der unglücklichen Sterblichen bestimmen, welche, eitel und sich selbst betrügend, diesen Schauplatz bevölkern. Hawthorne war in überaus starkem Maße vom spezifisch amerikanischen Erbe des Unheimlich-Übernatürlichen durchdrungen und nahm hinter den gewöhnlichen Phänomenen des Lebens eine bedrückende Menge unbestimmter Gespenster wahr, doch er war nicht objektiv und unvoreingenommen genug, um Eindrücke, Empfindungen und erzählerische Schönheiten um ihrer selbst willen zu schätzen. Er konnte nicht umhin, seine Phantasie in gedämpft melancholischen Werken didaktischer oder allegorischer Art zum Ausdruck zu bringen, um mit sanftem, resigniertem

Zynismus und naiver moralischer Bewertung die Perfidie der menschlichen Rasse aufzuzeigen, die er nicht aufhören konnte zu lieben und zu beklagen, obwohl er ihre Scheinheiligkeit erkannt hatte. Das übernatürliche Grauen ist deshalb bei Hawthorne nie das primäre Ziel, obwohl dessen Triebkräfte so tief in seiner Persönlichkeit verwurzelt waren, daß er es nicht vermeiden kann, es mit genialer Kraft anklingen zu lassen, wenn er sich der Welt des Unwirklichen bedient, um die tiefsinnige Predigt, die er halten möchte, zu illustrieren.

Hawthornes Andeutungen des Unheimlich-Übernatürlichen, die immer zart, schwer faßbar und verhalten sind, lassen sich in seinem gesamten Werk feststellen. Die Gemütsverfassung, die sie hervorbrachte, fand entzükkenden Ausdruck in der germanisierten Nacherzählung klassischer Mythen für Kinder, enthalten in *A Wonder Book* und in den *Tanglewood Tales*, und machte sich in anderen Fällen geltend, indem sie Dingen, die nicht im eigentlichen Sinne übernatürlich sein sollen, eine gewisse Seltsamkeit, eine unbestimmte Verwunschenheit oder eine ungreifbare Bösartigkeit verlieh, so etwa in dem makabren postumen Roman *Dr. Grimshawe's Secret*, in dem ein Haus, das es noch heute in Salem gibt und das an den alten Charter Street-Friedhof grenzt, mit einer eigentümlichen Widerwärtigkeit ausgestattet wird. In *The Marble Faun*, der in einer italienischen Villa, wo es angeblich spukte, entworfen wurde, pulsiert unmittelbar hinter dem, was der normale Leser wahrnimmt, eine ungeheure Welt des genuin Phantastischen und Geheimnisvollen, und durch vage Andeutungen wird zu verstehen gegeben, daß in den Adern eines Sterblichen das Blut eines mythischen Wesens fließt. Dieser romantische Roman kann gar nichts anderes als interessant sein, obwohl durchgehend die Last moralischer Allegorie, anti-päpstlicher Propaganda und einer puritanischen Prüderie auf ihm liegt, die D. H. Lawrence den Wunsch äußern ließ, den Autor auf höchst unwürdige Weise zu behandeln. *Septimius Felton*, ein postumer Roman, dessen Grundidee weiterentwickelt und in die unvollendete *Dolliver Romance* eingearbeitet werden sollte, befaßt sich auf mehr oder minder gelungene Art mit dem Thema des Lebenselixiers, während die Notizen für eine Geschichte, die nie geschrieben wurde und den Titel »The Ancestral Footstep« tragen sollte, zeigen, was Hawthorne mit einer ausführlichen Behandlung eines alten englischen Aberglaubens gemacht hätte, in dem es um ein altes und verfluchtes Geschlecht geht, dessen Angehörige beim Laufen blutige Fußspuren hinterlassen, und der am Rande auch in *Septimius Felton* und *Dr. Grimshawe's Secret* auftaucht.

Viele der kürzeren Erzählungen Hawthornes weisen ein bemerkenswertes Maß an Unheimlich-Übernatürlichem auf, sei es in der Atmosphäre, sei es im Geschehen. Die Geschichte »Edward Randolph's Portrait«, aus *Legends of the Province House*, hat ihre diabolischen Momente. »The Minister's Black Veil« (auf einer wahren Begebenheit basierend) und »The Ambitious Guest« geben indirekt viel mehr zu verstehen, als tatsächlich gesagt wird, während »Ethan Brand« – Fragment eines längeren Werkes, das nie abgeschlossen wurde – genuine Gipfel kosmischer Angst erreicht: Man denke an die Beschreibung des wilden Berglands und der lodernden einsamen Kalköfen, an die Darstellung des Byronschen »Sünders wider den Heiligen Geist«, dessen qualvolles

Leben unter furchtbarem, schallendem Gelächter in der Nacht endet, da er in den Flammen des Brennofens Ruhe sucht. Einige von Hawthornes Notizen berichten von unheimlich-übernatürlichen Erzählungen, die er geschrieben hätte, wenn sein Leben länger gewesen wäre – in einem besonders lebendigen Storyentwurf geht es um einen mysteriösen Fremden, der hin und wieder bei öffentlichen Versammlungen auftaucht; als man ihm schließlich folgt, stellt man fest, daß er in ein uraltes Grab zurückkehrt, dem er entstiegen ist.

Doch den ersten Platz als vollendetes, in sich geschlossenes Kunstwerk nimmt unter all den unheimlich-übernatürlichen Texten unseres Autors der berühmte und exquisit gearbeitete Roman *The House of the Seven Gables* ein, in dem mit wunderbarer Eindringlichkeit die unerbittliche Erfüllung eines Familienfluchs geschildert wird, die sich vor dem düsteren Hintergrund eines sehr alten Salemer Hauses vollzieht – eines jener spitzgiebligen gotischen Gebäude, die die erste reguläre Bebauung unserer neuenglischen Küstenstädte darstellten, nach dem siebzehnten Jahrhundert jedoch den vertrauteren Walmdachbauten oder den klassischen georgianischen Haustypen wichen, die man heute als »koloniale« Architektur bezeichnet. Von diesen alten gotischen Giebelhäusern sind heutzutage in den gesamten Vereinigten Staaten kaum ein Dutzend im ursprünglichen Zustand zu finden, doch eines, das Hawthorne gut kannte, steht immer noch in der Salemer Turner Street und wird mit fragwürdiger Glaubwürdigkeit als Schauplatz und Inspirationsquelle des Romans gezeigt. Ein derartiges Gebäude mit seinen gespenstischen spitzen Giebeln, seinen aneinandergedrängten Schornsteinen, seinem überkragenden ersten Stockwerk, seinen grotesken Eckkonsolen und seinen Gitterfenstern mit Rautenscheiben ist wahrlich ein Objekt, das sich bestens dazu eignet, düstere Gedanken hervorzurufen, versinnbildlicht es doch das dunkle puritanische Zeitalter, das voll von verborgenem Grauen und Hexengeflüster war und das der Schönheit, Rationalität und geistigen Weite des achtzehnten Jahrhunderts vorausging. Hawthorne hat in seiner Jugend viele dieser alten Häuser gesehen und kannte die finsteren Geschichten, die sich um einige von ihnen rankten. Er hörte auch zahlreiche Gerüchte über einen Fluch, der infolge der großen Härte, die sein Urgroßvater im Jahre 1692 als Hexenrichter gezeigt hatte, über seiner eigenen Familie liegen sollte.

Diesem Ambiente entsprang die unvergängliche Geschichte – Neuenglands bedeutendster Beitrag zur unheimlich-übernatürlichen Literatur –, bei der wir sofort die Authentizität der uns vorgeführten Atmosphäre spüren. Heimliches Grauen und Krankheit lauern in dem verwitterten, bemoosten, im Schatten einer Ulme stehenden archaischen Haus, das so anschaulich geschildert wird, und wir begreifen, daß dieser Ort Böses ausbrütet, wenn wir lesen, daß der Erbauer des Gebäudes – der alte Colonel Pyncheon – das Grundstück dem ursprünglichen Besitzer Matthew Maule mit besonderer Skrupellosigkeit entrissen hat, indem er dafür sorgte, daß dieser im Jahre des Schreckens als Hexer zum Tod am Galgen verurteilt wurde. Kurz vor seiner Hinrichtung verflucht Maule den alten Pyncheon – »Gott wird ihm Blut zu trinken geben« –, und das Wasser des Brunnens auf dem Grundstück, das der Colonel sich angeeignet hat, wird ungenießbar. Maules Sohn, ein Zimmermann, erklärt sich bereit, für den siegreichen Feind seines Vaters das große Giebelhaus zu bauen, doch am Tag der Einweihung stirbt der alte Colonel unter seltsamen Umständen. Die folgenden Generationen werden von eigenartigen Schicksalsschlägen getroffen, und man munkelt allerlei über die dunklen Kräfte der Maules, da die Pyncheons jeweils ein sonderbares, bisweilen schreckliches Ende ereilt.

Die wie ein Schatten über allem liegende Bösartigkeit des alten Hauses – das fast so lebendig ist wie Poes Haus der Ushers, wenn auch auf subtilere Weise – durchzieht die Geschichte wie das sich wiederholende Motiv einer tragischen Oper, und als die Haupthandlung einsetzt, werden uns die gegenwärtigen Pyncheons in einem mitleiderregenden Zustand des Verfalls präsentiert: Die arme Hepzibah, eine exzentrische alte Dame, die bessere Tage gesehen hat; der kindliche, unglückselige Clifford, gerade aus dem Gefängnis entlassen, wo er zu Unrecht eingesperrt war; der gerissene und hinterhältige Richter Pyncheon, dessen Wesensart der des alten Colonel gleicht – all diese Gestalten haben einen enormen Symbolwert und passen gut zu der verkümmerten Vegetation und dem anämischen Geflügel im Garten. Es ist fast zu bedauern, daß die Geschichte einigermaßen glücklich endet, da die muntere Phoebe, Cousine und letzter Sproß der Pyncheons, mit dem sympathischen jungen Mann, der sich als letzter Maule erweist, eine Verbindung eingeht. Diese Verbindung beendet vermutlich den Fluch. Hawthorne vermeidet alles Gewaltsame in Diktion und Handlung und hält seine Andeutungen des Schreckens durchweg im Hintergrund, doch gelegentliche flüchtige Eindrücke reichen vollauf, um die evozierte Stimmung aufrechtzuerhalten und das Werk vor der Trockenheit einer reinen Allegorie zu bewahren. Begebenheiten wie die Behexung Alice Pyncheons im frühen achtzehnten Jahrhundert und die geisterhafte Musik ihres Cembalos, die vor einem Todesfall in der Familie erklingt – letzteres eine Variante eines uralten arischen Mythos –, verknüpfen die Handlung direkt mit dem Übernatürlichen, während die Episode, in der der alte Richter Pyncheon nachts tot im Wohnzimmer sitzt und nur das fürchterliche Tikken seiner Uhr zu hören ist, mit nacktem Horror der eindringlichsten und authentischsten Sorte aufwartet. Die Art und Weise, wie zum erstenmal dadurch auf den Tod des Richters hingedeutet wird – lange bevor der Leser oder irgendeine der Romanfiguren diesen Umstand ahnen –, daß eine fremde Katze vor dem Fenster hin und her streicht und herumschnüffelt, ist ein Geniestreich, den auch Poe nicht hätte übertreffen können. Später sitzt diese Katze dann in der Nacht und am folgenden Tag vor besagtem Fenster und wartet gespannt auf – etwas. Zweifellos stellt sie den Psychopompos der antiken Mythologie dar, der hier mit unendlicher Kunstfertigkeit einem neuzeitlichen Ambiente angepaßt wurde.

Hawthorne hatte indes keine klar erkennbaren literarischen Nachkommen. Seine Gemütsart und seine Einstellung gehörten einem Zeitalter an, das mit ihm zu Ende ging, und es ist der Geist Poes – der die natürliche Grundlage der Anziehungskraft des Grauens und die zu seiner Erzielung erforderlichen Mechanismen so klar und realistisch erkannte –, welcher fortlebte und Früchte trug. Zu den frühesten Schülern Poes kann der brillante junge Ire Fitz-James O'Brien (1828-1862) gerechnet werden, der die amerikanische Staatsbürgerschaft annahm und im Bürgerkrieg einen ehrenvollen Tod fand. Ihm verdanken wir »What Was It?«, die erste formvollendete Short story über ein zwar greifbares, aber nicht sichtbares Wesen und der Prototyp von Maupassants »Le horla«; er war es auch, der die einzigartige Geschichte »The Diamond Lens« schuf, in der sich ein junger Mikrobiologe in ein Mädchen verliebt, das in einer unendlich kleinen Welt lebt, die er beim Blick durchs Mikroskop in einem Wassertropfen entdeckt hat. Durch O'Briens frühen Tod blieb uns ohne Zweifel so manche meisterhafte Geschichte voller Seltsamkeit und Schrekken vorenthalten, obwohl sein Genius strenggenommen nicht von der gleichen titanischen Qualität war wie der Poes und Hawthornes.

Wahrer Größe näher kam der 1842 geborene, exzentrische und misanthropische Journalist Ambrose Bierce, der ebenfalls am Bürgerkrieg teilnahm, ihn jedoch überlebte, um dann einige unvergängliche Geschichten zu schreiben und 1913 unter Umständen zu verschwinden, die ebenso geheimnisdurchtränkt waren wie die Produkte seiner düsteren Phantasie. Bierce war ein Satiriker und Pamphletist von hohen Graden, doch seine künstlerische Reputation gründet sich in erster Linie auf seine grausigen und brutalen Short stories. Viele der Geschichten handeln vom Bürgerkrieg und können als die lebendigste und realistischste Darstellung gelten, die diesem kriegerischen Konflikt bislang in der erzählenden Literatur zuteil geworden ist. Praktisch alle Erzählungen von Bierce sind Horrorerzählungen, und obwohl sich eine große Anzahl lediglich mit den physischen und psychischen Schrecken der Wirklichkeit befaßt, hat in einen beträchtlichen Teil seiner Texte das Übernatürliche in seiner bösartigen Form Eingang gefunden und Geschichten entstehen lassen, die in Amerikas Fundus unheimlich-übernatürlicher Literatur einen hohen Stellenwert besitzen. Im Vorwort zu einem Band mit Briefen von Bierce charakterisiert Samuel Loveman, ein Dichter und Kritiker, der unseren Autor persönlich kannte, den Genius des großen »Schattenschöpfers« wie folgt:

> Bei Bierce gerät die Evokation des Grauens zum erstenmal nicht zur Nachahmung oder Perversion Poes und Maupassants, sondern wird durch eine konkrete und unheimlich präzise Atmosphäre erreicht. Worte, die so simpel sind, daß man geneigt sein könnte, sie dem Unvermögen eines literarischen Lohnschreibers zur Last zu legen, nehmen ein heilloses Grauen und neue, ungeahnte Bedeutungen an. Bei Poe empfindet man das Grauen als *tour de force*, bei Maupassant versetzt uns die hochgepeitschte Klimax in nervöse Spannung. Für Bierce enthielten die qualvollen Abgründe des Diabolischen einzig und allein legitime und verläßliche Mittel zum Zweck. Doch in jedem Fall achtet er auf eine stillschweigende Beglaubigung durch die Natur.
>
> In »The Death of Halpin Frayser« werden Blumen, Pflanzen und die Zweige und Blätter von Bäumen auf großartige Weise als Kontrast zu widernatürlicher Bösartigkeit verwendet. Bierce' Welt ist nicht die gewohnte goldene Welt, sondern eine von geheimnisvollem Blau und der atemberaubenden Widerspenstigkeit von Träumen durchdrungene Welt. Doch seltsamerweise ist sie nicht ganz frei von Unmenschlichkeit.

Die »Unmenschlichkeit«, von der Loveman spricht, äußert sich in einer stark ausgeprägten Neigung zu sardonischem und makabrem Humor und in einer Art Vergnügen an der Darstellung von Grausamkeit und qualvoller Enttäuschung. Die erstgenannte Eigenschaft läßt sich gut durch zwei Untertitel aus »The Damned Thing«, einer seiner düstersten Erzählungen, illustrieren: »Man ißt nicht immer, was auf den Tisch kommt«, will sagen, eine Leiche, die zur Untersuchung durch den Coroner auf dem Tisch liegt; und »Auch ein nackter Mann kann zerlumpt sein«, was sich auf einen entsetzlich zerfleischten Leichnam bezieht.

Bierce' Werk ist insgesamt ziemlich ungleichmäßig. Viele Geschichten sind offenkundig nach Schablone gearbeitet und leiden unter einem flotten und ebenso abgedroschenen wie künstlichen Stil, der sich von journalistischen Vorbildern herleitet, doch das grausig Böse, das durch alle von ihnen schleicht, ist unverkennbar, und etliche dieser Texte werden für immer Gipfelpunkte der amerikanischen Literatur des Unheimlich-Übernatürlichen bleiben. »The Death of Halpin Frayser«, von Frederic Taber Cooper als die teuflischste und gräßlichste Geschichte der gesamten angelsächsischen Literatur bezeichnet, erzählt von einem seelenlosen Körper, der nachts in einem unheimlichen, entsetzlich blutbesudelten Wald umherschleicht, und von einem Mann, der von Erinnerungen an seine Familie gepeinigt wird und in den Klauen eines Wesens den Tod findet, das einst seine heißgeliebte Mutter gewesen ist. »The Damned Thing«, häufig in populären Anthologien abgedruckt, berichtet von den schrecklichen Verwüstungen, die ein unsichtbares Etwas anrichtet, das bei Tag und bei Nacht durch die Berge und Weizenfelder trampelt. »The Suitable Surroundings« vermittelt auf ungemein subtile, wenn auch scheinbar simple Weise eine eindringliche Vorstellung von dem Schrecken, der dem geschriebenen Wort innewohnen kann. In dieser Story sagt Colston, Verfasser von Spukgeschichten, zu seinem Freund Marsh: »Sie sind tapfer genug, mich in einem Tramwagen zu lesen, aber – in einem verlassenen Haus – allein – im Wald – in der Nacht! Bah! Ich habe ein Manuskript in der Tasche, das Sie umbringen würde.« Marsh liest das Manuskript in der »angemessenen Umgebung« – und es bringt ihn tatsächlich um. »The Middle Toe of the Right Foot« ist unbeholfen ausgeführt, hat aber einen wirkungsvollen Höhepunkt. Ein Mann namens Manton hat auf gräßliche Weise seine beiden Kinder und seine Frau ermordet; letzterer fehlte der mittlere Zeh des rechten Fußes. Zehn Jahre später kehrt er stark verändert in die Gegend zurück, in der er mit seiner Familie gelebt hat, und da man ihn insgeheim erkennt, wird er zu einem Bowiemesserduell im Dunkeln provoziert, das in dem jetzt leerstehenden Haus, wo er sein Verbrechen begangen hat, stattfinden soll. Als der Moment des Duells gekommen ist, spielt man ihm einen Streich und schließt ihn ohne seinen Gegner in einem stockfinsteren Zimmer im Erdgeschoß des angeblichen Spukhauses ein, wo überall dick der Staub eines Jahrzehnts liegt. Niemand geht mit dem Messer auf ihn los, denn man will ihm nur einen gründlichen Schrecken einjagen, doch am nächsten Tag wird er, mit verzerrtem Gesicht in einer Ecke des Zimmers kauernd, tot aufgefunden, gestorben aus purer Angst vor etwas, das er gesehen hat. Der einzige Anhaltspunkt, den man entdeckt, läßt Schreckliches vermuten: »Im Staub der Jahre, der dick auf dem Boden lag – von der Tür, durch die sie eingetreten waren, geradeaus durch das Zimmer bis ein Yard vor Mantons kauernden Leichnam – führten drei parallele Reihen von Fußspuren – leichte, aber deutliche Abdrücke nackter Füße, die äußeren die von kleinen Kindern, die innere die einer Frau. Von der Stelle, wo sie endeten, kehrten sie nicht zurück; sie wiesen alle in eine Richtung.« Und natürlich zeigen die Fußspuren der Frau, daß der mittlere Zeh des rechten Fußes fehlte. »The Spook House«, erzählt mit der strengen Schlichtheit eines journalistischen Tatsachenberichts, konfrontiert uns mit schrecklichen Hinweisen auf ein furchtbares Geheimnis. Im Jahre 1858 verschwindet plötzlich eine siebenköpfige Familie auf unerklärliche Weise aus einem Pflanzerhaus im östlichen Kentucky und läßt all ihren Besitz zurück – Mobiliar, Kleidung, Lebensmittelvorräte, Pferde, Rinder und Sklaven. Etwa ein Jahr später zwingt ein Unwetter zwei Männer von hohem Rang, in dem verlassenen Gebäude Schutz zu suchen; dabei geraten sie zufällig in einen eigenartigen unterirdischen Raum, der von einem rätselhaften grünlichen Licht erfüllt ist und eine eiserne Tür hat, die sich nicht von innen öffnen läßt. In diesem Raum liegen die verwesten Leichen der gesamten verschwundenen Familie, und als einer der Eindringlinge hineingeht, um eine der Leichen zu untersuchen, wird der andere von dem Gestank, der durch die Tür kommt, derart überwältigt, daß er seinen Gefährten unabsichtlich in dem Kellergewölbe einschließt und das Bewußtsein verliert. Als er nach sechs Wochen wieder zu sich kommt, ist er außerstande, den verborgenen Raum zu finden, und das Haus wird während des Bürgerkriegs niedergebrannt. Von seinem eingeschlossenen Begleiter hat man nie mehr etwas gehört oder gesehen.

Bierce nutzt die atmosphärischen Möglichkeiten seiner Themen selten so intensiv wie Poe, und viele seiner Werke haben einen Touch von Naivität, nüchterner Steifheit oder frühamerikanischer Provinzialität, der einen gewissen Kontrast zu den Leistungen späterer Meister des Horrorgenres bildet. Nichtsdestoweniger sind die Authentizität und die künstlerische Vollendung seiner düsteren Schöpfungen stets unverkennbar, so daß seine Größe keine Gefahr läuft zu verblassen. Im Rahmen der von Bierce selbst zusammengestellten gesammelten Werke finden sich seine unheimlich-übernatürlichen Erzählungen hauptsächlich in den beiden Bänden *Can Such Things Be?* und *In the Midst of Life*. Ersterer ist sogar fast gänzlich dem Übernatürlichen gewidmet.

Viele der besten Werke der amerikanischen Horrorliteratur stammen aus der Feder von Autoren, die vorwiegend einem anderen Genre verpflichtet waren. Oliver Wendell Holmes' epochemachender Roman *Elsie Venner* schildert mit bewundernswerter Zurückhaltung die unnatürlichen, schlangenhaften Züge im Wesen einer jungen Frau, die auf einen pränatalen Einfluß zurückgehen, und trägt durch fein abgewogene Landschaftsdarstellungen zur Zeichnung der Atmosphäre bei. In *The Turn of the Screw* vermag Henry James sich soweit von der bei ihm unvermeidlichen Schwülstigkeit und Weitschweifigkeit freizumachen, daß es ihm gelingt, eine wahrhaft überzeugende Atmosphäre unheilvoller Bedrohung zu schaffen, indem er den abscheulichen Einfluß beschreibt, den zwei verstorbene, bösartige Dienstboten, Peter Quint und die Gouvernante Miss Jessel, auf einen kleinen Jungen und ein kleines Mädchen, die ihrer Obhut anvertraut waren, ausüben. James ist vielleicht zu langatmig, zu salbungsvoll und urban und zu sehr in sprachliche Finessen verliebt, um das ganze wilde und verheerende Grauen, das in seinen Situationen steckt, voll auszuschöpfen, doch trotz alledem wird uns hier eine einzigartige Steigerung des Schreckens vorgeführt – kulminierend im Tod des kleinen Jungen –, die diesem Kurzroman einen bleibenden Platz in der phantastischen Literatur sichert.

F. Marion Crawford schrieb mehrere unheimlich-übernatürliche Erzählungen von unterschiedlicher Qualität, die jetzt in einem Band mit dem Titel *Wandering Ghosts* vorliegen. »For the Blood Is the Life« behandelt auf packende Weise einen Fall von Vampirismus, der sich unter dem Einfluß des Mondes in der Nähe eines alten Turms an der einsamen süditalienischen Felsenküste ereignet. »The Dead Smile« erzählt von den grauenvollen Dingen, die in dem alten Haus und in der Gruft einer irischen Familie stattfinden, und bringt auf äußerst wirkungsvolle Weise die Banshee, die irische Todesfee, ins Spiel. »The Upper Berth« jedoch ist Crawfords unheimlich-übernatürliches Meisterwerk und eine der stärksten Horrorstories der gesamten Literatur. In dieser Geschichte geht es um eine Schiffskabine, die vom Geist eines Selbstmörders heimgesucht wird, und Dinge wie die nicht geheure Salzwasserfeuchtigkeit, die in der Kabine herrscht, die sonderbarerweise offenstehende Luke und der alptraumhafte Kampf mit dem namenlosen Etwas werden vom Autor mit unvergleichlichem Geschick gehandhabt.

Durchaus genuin, wenn auch nicht frei von der typischen manierierten Überspanntheit der neunziger Jahre des vorigen Jahrhunderts, ist die Art des Horrors, der wir im Frühwerk von Robert W. Chambers begegnen, einem

Autor, welcher sich inzwischen mit Schöpfungen von ganz anderer Beschaffenheit einen Namen gemacht hat. *The King in Yellow*, eine Reihe lose miteinander verbundener Short stories, die als gemeinsamen Hintergrund ein monströses und verbotenes Buch haben, dessen Lektüre Entsetzen, Wahnsinn und gespenstische Tragödien hervorruft, erreicht – trotz ungleichmäßiger Qualität und der ziemlich trivialen und affektierten Kultivierung der durch Du Mauriers *Trilby* populär gewordenen gallischen Atelieratmosphäre – zweifellos beachtliche Höhen kosmischer Angst. Die eindrucksvollste dieser Geschichten ist vielleicht »The Yellow Sign«, in der ein schweigsamer, schrecklicher Friedhofswächter auftritt, der ein Gesicht wie ein aufgedunsener Grabeswurm hat. Ein Junge, der mit dieser Kreatur handgemein geworden ist, berichtet zitternd und voller Ekel folgende Einzelheit: »Also Sir, Gott is' mein Zeuge, daß er, als ich ihn schlug, meine Handgelenke packte, Sir, und als ich sein weiches, schwammiges Gelenk umdrehte, hatte ich einen seiner Finger in der Hand.« Ein Künstler, der nach einer Begegnung mit dem Mann einen seltsamen Traum von einem Leichenwagen gehabt hat, der nachts durch die Straßen fährt – das gleiche hat zuvor auch eine andere Person geträumt –, ist schockiert von der Stimme, mit der der Wächter ihn anspricht. Der Kerl gibt ein Gemurmel von sich, das den Kopf »wie dicker, öliger Rauch aus einem Tranbottich oder der Gestank widerlicher Verwesung« erfüllt. Was er murmelt, ist lediglich: »Hast du das Gelbe Zeichen gefunden?« Kurz darauf erhält der Künstler von der Frau, die den gleichen Traum gehabt hat wie er, einen mit einer fremdartigen Hieroglyphe versehenen Talisman aus Onyx, den diese auf der Straße gefunden hat, und nachdem die beiden unter merkwürdigen Umständen auf das höllische und verbotene Buch der Schrecken gestoßen sind, erfahren sie – neben anderen gräßlichen Dingen, die kein normaler Sterblicher wissen sollte –, daß dieser Talisman wahrhaftig das ominöse Gelbe Zeichen ist, das aus dem fluchwürdigen Hastur-Kult, aus dem urzeitlichen Carcosa stammt, worüber das Buch handelt – eine alptraumhafte Erinnerung an diese Dinge scheint latent und unheilvoll im tiefsten Innern aller Menschen zu schlummern. Bald darauf hören sie das Rattern des mit schwarzen Federbüschen geschmückten Leichenwagens, der von dem schwammigen, leichengesichtigen Friedhofswächter kutschiert wird. Er betritt das in nächtliche Finsternis gehüllte Haus, um nach dem Gelben Zeichen zu suchen, und alle Riegel und Schlösser zerfallen unter seiner Berührung. Als die Nachbarn, aufgeschreckt durch einen Schrei, wie ihn keine menschliche Kehle ausstoßen könnte, in die Wohnung stürzen, finden sie drei Gestalten auf dem Boden – zwei Tote und einen Sterbenden. Einer der Toten befindet sich im fortgeschrittenen Zustand der Verwesung. Es ist der Friedhofswächter, und der Arzt ruft aus: »Dieser Mann muß seit Monaten tot sein!« Erwähnenswert ist hier noch, daß der Autor die meisten Namen und Anspielungen, die mit seinem schauerlichen vorzeitlichen Land zusammenhängen, den Erzählungen von Ambrose Bierce entnommen hat. Weitere frühe Werke von Chambers, in denen das Ausgefallene und Makabre zum Tragen kommt, sind *The Maker of Moons* und *In Search of the Unknown*. Man kann nicht umhin zu bedauern, daß er in diesem Bereich, in dem er so leicht ein anerkannter Meister hätte werden können, nicht weitergemacht hat.

Horrormaterial von authentischer Kraft findet sich auch im Werk der aus Neuengland stammenden Realistin Mary E. Wilkins, deren Kurzgeschichtensammlung *The Wind in the Rose-Bush* eine Anzahl bemerkenswerter Genretexte enthält. In »The Shadows on the Wall« wird mit vollendetem Geschick gezeigt, wie ein ruhiger Haushalt in Neuengland auf eine unheimliche Tragödie reagiert, und der körperlose Schatten des vergifteten Bruders bereitet uns gut auf den klimaktischen Moment vor, da der Schatten des unbekannten Mörders, der sich in einer Nachbarstadt umgebracht hat, plötzlich neben dem des Opfers auftaucht. Charlotte Perkins Gilman erreicht mit »The Yellow Wall Paper« klassisches Niveau, indem sie auf subtile Weise den Wahnsinn schildert, der nach und nach eine Frau befällt, die in einem Zimmer mit gräßlicher Tapete wohnt, wo einst eine Wahnsinnige eingesperrt war.

In »The Dead Valley« gelingt es dem eminenten Architekten und Mediävisten Ralph Adams Cram, durch Feinheiten der Atmosphäre und Beschreibung das unbestimmte Grauen einer Region in unvergeßlich starkem Maße zu beschwören.

Des weiteren wird unsere Tradition des Gespenstischen noch durch den begabten und vielseitigen Humoristen Irvin S. Cobb fortgeführt, dessen frühes wie auch jüngstes Schaffen einige großartige unheimlich-übernatürliche Texte aufweist. »Fishhead«, eine frühe Geschichte, schildert mit tödlicher Effektivität die unnatürliche Affinität zwischen einem hybriden Idioten und den seltsamen Fischen eines einsamen Sees, die am Schluß die Ermordung ihres zweibeinigen Wesensverwandten rächen. In späteren Werken verwendet Cobb Elemente, die wissenschaftlich zumindest denkbar sind, so in einer Erzählung über hereditäre Erinnerungen, wo ein Mann von heute, der einen Schuß Negerblut in den Adern hat, Worte in afrikanischer Dschungelsprache von sich gibt, als er von einem Zug überfahren wird, da die Umstände optisch und akustisch an eine hundert Jahre zurückliegende Situation erinnern, als sein schwarzer Vorfahr von einem Rhinozeros niedergetrampelt wurde.

Einen extrem hohen künstlerischen Rang hat Leonard Clines Roman *The Dark Chamber* (1927). Das ist die Geschichte eines Mannes, der – getrieben von dem für den schurkischen Helden gotischer oder Byronscher Provenienz charakteristischen Ehrgeiz – danach trachtet, der Natur zu trotzen und sich jeden Moment seines vergangenen Lebens mittels einer abnormen Stimulierung des Gedächtnisses in Erinnerung zu rufen. Zu diesem Zweck benutzt er unendlich viele Notizen, Aufzeichnungen, mnemonische Gegenstände und Bilder – und schließlich auch Gerüche, Musik und exotische Drogen. Dann veranlaßt ihn sein Ehrgeiz, über sein persönliches Leben hinauszugreifen und in die schwarzen Abgründe des *hereditären* Gedächtnisses vorzudringen, ja sogar in die Zeit der dampfenden Sümpfe des Karbon, als es noch keine Menschen gab, und in noch unvorstellbarere Tiefen der Urzeit und des urweltlichen Lebens zurückzugehen. Er verlangt nach wahnsinnigerer Musik und nimmt stärkere Drogen, und schließlich entwickelt sein großer Hund eine eigenartige Angst vor ihm. Ein übler Tiergestank umgibt ihn, sein Gesicht wird ausdruckslos, und er verliert alle menschlichen Züge. Am Schluß flüchtet er sich in die Wälder und heult nachts unter Fenstern. Man findet ihn schließlich tot und zerfleischt in einem Dikkicht. Neben ihm liegt der zerfleischte Kadaver seines Hundes. Sie haben sich gegenseitig umgebracht. Die Atmosphäre dieses Romans, der dem düsteren Heim und Haushalt der Hauptfigur große Aufmerksamkeit schenkt, ist von unheilschwangerer Eindringlichkeit.

Eine weniger subtile und ausgewogene, aber nichtsdestoweniger höchst eindrucksvolle Schöpfung ist Herbert S. Gormans Roman *The Place Called Dagon*, der die finstere Geschichte eines rückständigen Ortes im westlichen Massachusetts erzählt, wo die Nachkommen der aus Salem geflüchteten Hexen immer noch an den morbiden und verderbten Praktiken des Schwarzen Sabbats festhalten.

Leland Halls *Sinister House* ist stellenweise von großartiger atmosphärischer Kraft, leidet aber unter einem recht mediokren Romantizismus.

Auf ihre Weise äußerst bemerkenswert sind einige der unheimlich-übernatürlichen Kreationen des Romanciers und Kurzgeschichtenautors Edward Lucas White, dessen Themen großenteils wirklichen Träumen entstammen. »The Song of the Sirens« ist von durchgehender Seltsamkeit, während Texte wie »Lukundoo« und »The Snout« dunklere Vorstellungen wecken. White verleiht seinen Erzählungen eine ganz eigentümliche Qualität – eine Art von indirektem Zauber, der seine eigene charakteristische Überzeugungskraft hat.

Von den jüngeren amerikanischen Autoren trifft niemand den Ton kosmischen Schreckens so gut wie der kalifornische Dichter, Künstler und Erzähler Clark Ashton Smith, dessen bizarre Schriften, Zeichnungen, Gemälde und Stories das Entzücken eines kleinen Kreises von Connaisseuren erregen. Als Hintergrund dient

Smith ein Universum voll ferner und lähmender Schrekken – Dschungel voll giftiger, schillernder Blüten auf den Monden des Saturn, verruchte und groteske Tempel in Atlantis, Lemuria und in vergessenen früheren Welten sowie feuchte Sümpfe mit gefleckten tödlichen Pilzen in gespenstischen Ländern jenseits der Erde. Sein längstes und ambitioniertestes Gedicht, »The Hashish-Eater«, ist in fünfhebigen Blankversen geschrieben und eröffnet chaotische und unglaubliche Perspektiven kaleidoskopischen Grauens in den Räumen zwischen den Sternen. In puncto reiner dämonischer Seltsamkeit und Fruchtbarkeit der Phantasie wird Smith wohl von keinem anderen, ob totem oder lebendem Schriftsteller übertroffen. Wer sonst hat solche prächtigen, üppigen und fiebrig verzerrten visionären Bilder unendlicher Sphären und multipler Dimensionen gesehen und war danach imstande, davon zu erzählen? Seine Short stories handeln auf eindrucksvolle Weise von anderen Galaxien, Welten und Dimensionen, aber auch von seltsamen Regionen und Zeitaltern der Erde. Er erzählt vom urzeitlichen Hyperborea und seinem schwarzen amorphen Gott Tsathoggua, vom verlorenen Kontinent Zothique und von dem sagenhaften, vampirverseuchten Land Averoigne im mittelalterlichen Frankreich. Einige von Smiths besten Werken finden sich in einer Broschüre mit dem Titel *The Double Shadow and Other Fantasies* (1933).

Die Tradition des Unheimlich-Übernatürlichen auf den Britischen Inseln

Die neuere englische Literatur hat nicht nur die drei oder vier größten Phantasten der Gegenwart vorzuweisen, sondern ist auch sonst auf dem Gebiet des Unheimlich-Übernatürlichen erfreulich fruchtbar. Rudyard Kipling bedient sich häufig des Phantastischen, das er – trotz der allgegenwärtigen Manierismen – in Erzählungen wie »The Phantom Rickshaw«, »The Finest Story in the World«, »The Recrudescence of Imray« und »The Mark of the Beast« mit unbezweifelbarer Meisterschaft gestaltet. Letztere Geschichte ist von besonderer Eindringlichkeit: Der nackte, leprakranke Priester, der wie ein Otter miaut; die Flecken, die auf der Brust des Mannes erscheinen, den dieser Priester verflucht hat; die zunehmende Gier nach Fleisch, die das Opfer an den Tag legt, und die Angst, die Pferde vor ihm zu zeigen beginnen; und schließlich die halb-vollendete Verwandlung dieses Opfers in einen Leoparden – das sind Dinge, die wahrscheinlich kein Leser je vergessen wird. Der abschließende Sieg über den bösartigen Zauberer nimmt der Erzählung nichts von ihrer Überzeugungskraft, und auch die Rätselhaftigkeit des Geschehens bleibt davon unberührt.

Der seltsame, exotische Lafcadio Hearn, der ein ruheloses Wanderleben führte, entfernte sich noch weiter vom Bereich des Wirklichen und schuf mit der überragenden Kunstfertigkeit eines sensiblen Dichters Phantasien, wie sie ein Autor der soliden, handfesten Art nicht zuwege brächte. Seine in Amerika geschriebenen *Fantastics* enthalten einige der eindrucksvollsten Schauerlichkeiten der Weltliteratur, während er in seinem Buch *Kwaidan*, das er in Japan verfaßte, mit unvergleichlichem Geschick und einzigartiger Feinfühligkeit den unheimlichen Sagen und Märchen und den im Flüsterton erzählten Legenden dieses ungemein koloritreichen Volkes Gestalt verlieh. Noch stärker zeigt sich Hearns dämonische sprachliche Zauberkraft in einigen seiner Übersetzungen aus dem Französischen, besonders in den Übertragungen Gautiers und Flauberts. Seine Fassung von Flauberts *Tentation de saint Antoine* ist ein Klassiker von fiebriger und üppiger Bildersprache, gekleidet in die Magie singender Worte.

Auch Oscar Wilde läßt sich ein Platz unter den Autoren des Unheimlich-Übernatürlichen einräumen. Dafür bürgen sowohl einige seiner exquisiten Märchen als auch sein lebensvoller Roman *The Picture of Dorian Gray*, in dem ein wundersames Porträt jahrelang anstelle des Abgebildeten altert und immer gröbere, gemeinere Züge annimmt, während dieser selbst sich allen erdenklichen Exzessen des Lasters und Verbrechens hingibt, ohne dabei nach außen hin seine Jugend, Schönheit und Frische zu verlieren. Das Geschehen erreicht seinen wirkungsvollen Höhepunkt, als Dorian Gray, der schließlich sogar zum Mörder geworden ist, versucht, das Gemälde, dessen Veränderungen seinen moralischen Verfall bezeugen, zu zerstören. Er durchbohrt es mit einem Messer, und man hört einen gräßlichen Schrei und ein Krachen, doch als die Dienstboten in den Raum eindringen, finden sie das Porträt in all seiner ursprünglichen Schönheit vor. »Auf dem Boden aber lag ein toter

Mann im Gesellschaftsanzug, mit einem Messer im Herzen. Er war welk, runzlig und Abscheu erregend. Erst als sie die Ringe untersuchten, erkannten sie, wer es war.«

Matthew Phipps Shiel, Verfasser zahlreicher unheimlich-übernatürlicher, grotesker und abenteuerlicher Romane und Erzählungen, erreicht gelegentlich ein hohes Niveau von magischer Entsetzlichkeit. »Xélucha« ist ein Werk von degoutanter Gräßlichkeit, wird aber übertroffen von Shiels unbestrittenem Meisterwerk »The House of Sounds«, das er in den »dekadenten« neunziger Jahren in blumigem Stil schrieb und im frühen zwanzigsten Jahrhundert mit größerer künstlerischer Zucht umarbeitete. Diese Geschichte verdient in ihrer endgültigen Form einen Platz unter den hervorragendsten Vertretern ihrer Gattung. Sie erzählt von dem schleichenden Grauen und der Bedrohung durch einen Fluch, die seit Jahrhunderten das Leben auf einer subarktischen Insel vor der norwegischen Küste prägen, wo inmitten des Brausens dämonischer Winde und des unaufhörlichen Getöses höllischer Wellen und Katarakte einst ein rachsüchtiger Mann einen ehernen Turm des Schreckens erbaute. Die Story hat eine vage Ähnlichkeit mit Poes Erzählung »The Fall of the House of Usher«, unterscheidet sich aber doch gewaltig von ihr. In dem Roman *The Purple Cloud* schildert Shiel mit enormer Wucht eine Katastrophe, die über die Menschheit gekommen ist und die, wie es eine Zeitlang scheint, nur einen einzigen Bewohner unseres Planeten verschont hat. Die Gefühle und Empfindungen, die dieser einsame Überlebende hat, als er seine Lage erkennt und die von Leichen und Schätzen übersäten Städte der Welt als ihr absoluter Herr durchstreift, werden mit einem Geschick und einer künstlerischen Vollendung dargestellt, denen nur wenig an echter majestätischer Größe fehlt. Leider ist die zweite Hälfte des Buches, die sich konventioneller romantischer Elemente bedient, ausgesprochen enttäuschend.

Bekannter als Shiel ist der phantasievolle Bram Stoker, der vielen Konzeptionen von krasser Entsetzlichkeit in einer Reihe von Romanen Ausdruck verlieh, deren mangelhafte Erzähltechnik jedoch ihre Gesamtwirkung extrem beeinträchtigt. Die großartige Idee, die *The Lair of the White Worm* zugrunde liegt – es geht um ein gigantisches Urwesen, das im unterirdischen Gewölbe eines alten Schlosses lauert –, wird durch eine Darstellungsweise, die ans Infantile grenzt, total ruiniert. Der Roman *The Jewel of Seven Stars*, der von der seltsamen Auferstehung einer ägyptischen Königin handelt, ist weniger plump geschrieben. Doch das beste seiner Werke ist der berühmte *Dracula*, der fast so etwas wie die klassische moderne Version des gräßlichen Vampirmythos geworden ist. Graf Dracula, ein Vampir, haust in einem gruseligen Schloß in den Karpaten, siedelt aber dann nach England über, um das Land mit vampirischen Artgenossen zu bevölkern. Die Erlebnisse, die ein Engländer in Draculas Feste des Schreckens hat, und der Kampf gegen den toten Unhold, dessen Plan, die Herrschaft zu erringen, schließlich zunichte gemacht wird, schließen sich zu einer Geschichte zusammen, der heute zu Recht ein permanenter Platz in der englischen Literatur zugewiesen wird. *Dracula* rief zahlreiche ähnliche Romane hervor, deren Gegenstand das übernatürliche Grauen ist; die besten davon sind vielleicht *The Beetle* von Richard Marsh, *Brood of the Witch-Queen* von »Sax Rohmer« (d. i. Arthur Sarsfield Ward) und *The Door of the Unreal* von Gerald Biss. Letzterer behandelt recht geschickt den klassischen Werwolf-Aberglauben. Wesentlich subtiler und kunstvoller, überdies aufgrund der nebeneinandergestellten Berichte der einzelnen Figuren mit einzigartigem Können erzählt, ist Francis Brett Youngs Roman *Cold Harbour*, in dem ein altes Haus, dem eine sonderbare Bösartigkeit eignet, wirkungsvoll geschildert wird. Der hämische und nahezu allmächtige, teuflische Humphrey Furnival weist Anklänge an den frühen gotischen Schurken vom Schlage Manfreds und Montonis auf, wird aber durch viele klug ausgedachte individuelle Züge davor bewahrt, abgedroschen zu wirken. Nur die leichte Weitschweifigkeit der Erklärung am Schluß und die etwas zu freizügige Verwendung von Ahnungen und Vorbedeutungen als handlungsbestimmende Faktoren verhindern, daß diese Geschichte absolute Vollkommenheit erreicht.

In dem Roman *Witch Wood* schildert John Buchan mit enormer Eindringlichkeit das Fortbestehen des Hexensabbats in einer einsamen Gegend Schottlands. Die Beschreibung des finsteren Waldes mit dem Stein des Bösen und der schrecklichen kosmischen Omen, als dem Grauen endlich der Garaus gemacht wird, entschädigen einen dafür, daß man sich durch eine sehr langsam fortschreitende Handlung und ein Übermaß an schottischem Dialekt durchkämpfen muß. Auch in einigen Kurzgeschichten Buchans gelangt das Phantastische auf außerordentlich lebendige Weise zum Ausdruck. Besonders bemerkenswert sind »The Green Wildebeest«, eine Erzählung über afrikanische Zauberei, »The Wind in the Portico«, wo es um das Wiedererwachen entsetzlicher übernatürlicher Mächte aus britannisch-römischer Zeit geht, und »Skule Skerry«, eine in der Subarktis spielende Geschichte voll fein angedeuteten Grauens.

Clemence Housman erreicht in seinem Kurzroman »The Were-wolf« ein hohes Maß an gruseliger Spannung, und es gelingt ihm bis zu einem gewissen Grade, die Atmosphäre authentischer Volkssagen nachzugestalten. In *The Elixir of Life* erzielt Arthur Ransome trotz der allgemeinen Naivität des Plots einige exzellente düstere Effekte, während H. B. Drakes *The Shadowy Thing* seltsame und schreckliche Bilder heraufbeschwört. George Macdonalds *Lilith* ist von einer ganz eigenen, unwiderstehlichen Bizarrerie, wobei die erste und schlichtere der beiden Fassungen vielleicht die eindrucksvollere ist.

Besondere Beachtung als kraftvoller Künstler, dem eine unsichtbare mystische Welt stets nahe und lebendige Wirklichkeit ist, verdient der Dichter Walter de la Mare, dessen betörend schöne Verse und dessen exquisite Prosa immer wieder von einem visionären Seherblick zeugen, der tief in verschleierte Sphären des Schönen und in schreckliche und verbotene Dimensionen des Seins vordringt. In dem Roman *The Return* erleben wir, wie die Seele eines Toten einem zwei Jahrhunderte alten Grab entsteigt und sich des Körpers eines lebendigen Mannes bemächtigt, so daß sogar das Gesicht des Opfers die Züge dessen annimmt, der schon vor langer Zeit wieder zu Staub geworden ist. Von den kürzeren Erzählungen, die in mehreren Bänden vorliegen, sind viele aufgrund der Meisterhaftigkeit, mit der sie die geheimsten Aspekte der Angst und des Dämonischen darstellen, unvergeßlich, so vor allem die Geschichten »Seaton's Aunt«, über deren Geschehen der unheilschwangere Schatten eines bösartigen Vampirs liegt; »The Tree«, die von einem gräßlichen pflanzlichen Gewächs im Hof eines hungernden Künstlers erzählt; »Out of the Deep«, die in einem dunklen einsamen Haus spielt und die es dem Leser überläßt, sich auszumalen, was für ein Ding oder Wesen dem Läuten eines sterbenden Tunichtguts Folge leistet, als er in der Dachkammer, in der er seine von Ängsten erfüllte Jugend verbracht hat, einen Klingelzug betätigt, vor dem er sich schon immer gefürchtet hat; »A Recluse«, die andeutet, was einen zufälligen Gast des Nachts aus einem Haus fliehen läßt; »Mr. Kempe«, in der es um einen verrückten einsiedlerischen Geistlichen geht, der auf der Suche nach der menschlichen Seele ist und in einer furchteinflößenden klippen-reichen Gegend am Meer neben einer alten verlassenen Kapelle wohnt; und »All-Hallows«, die einen flüchtigen Eindruck von dämonischen Mächten vermittelt, welche in einer einsamen mittelalterlichen Kirche ihr Unwesen treiben und auf wundersame Weise das verfallende Mauerwerk instand setzen. De la Mare macht in den meisten seiner Erzählungen die Angst nicht zum einzigen, noch nicht einmal zum dominanten Element, da er ganz offensichtlich mehr an subtiler Charakterzeichnung interessiert ist. Bisweilen sinkt er auf die Ebene rein skurriler Phantastik im Stile Barries herab. Gleichwohl gehört er zu den ganz wenigen Autoren, für die das Unwirkliche von intensiver, lebendiger Gegenwärtigkeit ist, und als solcher vermag er es, seinen gelegentlichen Angststudien eine wirkungsvolle Eindringlichkeit zu verleihen, wie sie nur ein überragender Meister zuwege bringt. Sein Gedicht »The Listeners« holt den gotischen Schauder in die moderne Lyrik zurück.

Die unheimlich-übernatürliche Kurzgeschichte gedieh in letzter Zeit vortrefflich. Bedeutende Beiträge lieferte der vielseitige E. F. Benson, dessen »The Man Who Went Too Far« raunend und flüsternd von einem Haus am Rand eines dunklen Waldes und von Pans Hufabdruck auf der Brust eines toten Mannes erzählt. Bensons Buch *Visible and Invisible* enthält mehrere Geschichten von einzigartiger Wucht, insonderheit »Negotium Perambulans«, in deren Verlauf sich ein riesenhaftes Monster aus einem alten kirchlichen Tafelbild manifestiert, das in einem einsamen Dorf an der Küste Cornwalls einen Akt übernatürlicher Rache vollzieht, und »The Horror-Horn«, eine Story, durch deren Seiten die Überlebenden einer schrecklichen halbmenschlichen Rasse stapfen, die auf unzugänglichen Alpengipfeln hausen. »The Face«, in einem anderen Sammelband enthalten, ist mit seiner Aura unerbittlichen Verhängnisses von geradezu tödlicher Effektivität. H. R. Wakefield gelingt es dann und wann in seinen Sammlungen *They Return at Evening* und *Others Who Return*, trotz des störenden intellektuellen Anstrichs einen hohen Grad an Grauen zu erreichen. Die bemerkenswertesten Stories sind »The Red Lodge«, mit dem schlammigen bösen Etwas, das aus dem Wasser kommt, »›He Cometh and He Passeth By‹«, »›And He Shall Sing …‹«, »The Cairn«, »›Look Up There!‹«, »Blind Man's Buff« und jener Text über ein grauenhaftes Wesen, das seit Jahrtausenden auf der Lauer liegt, »The Seventeenth Hole at Duncaster«. Das unheimlich-übernatürliche Werk von H. G. Wells und A. Conan Doyle haben wir ja bereits erwähnt. Ersterer erreicht in »The Ghost of Fear« ein sehr hohes Niveau, während alle Stücke in den *Thirty Strange Stories* starke phantastische Elemente haben. Doyle schlug dann und wann einen kraftvollen Ton des Gespenstischen an, so etwa in »The Captain of the ›Pole-Star‹«, einer Erzählung über Geistererscheinungen in der Arktis, und »Lot No. 249«, wo das Thema der wieder zum Leben erweckten Mumie mit mehr als gewöhnlichem Geschick behandelt wird. Hugh Walpole, aus der gleichen Familie stammend wie der Ahnherr des gotischen Romans, bedient sich bisweilen mit großem Erfolg des Bizarren, und seine Short story »Mrs. Lunt« ruft einen nachhaltigen Schauder hervor. John Metcalfe erreicht in seinem Sammelband *The Smoking Leg* gelegentlich ein einzigartiges Ausmaß an Überzeugungskraft, wobei die Erzählung mit dem Titel »The Bad Lands« Abstufungen des Grauens aufweist, die stark von Genialität zeugen. Skurriler und eher zur liebenswürdigen und harmlosen Phantastik eines Sir J.M. Barrie neigend sind die kurzen Erzählungen von E.M. Forster, die unter dem Titel *The Celestial Omnibus* veröffentlicht wurden. Nur von einer dieser Geschichten – sie handelt von einer Manifestation Pans und der Aura des Schreckens, die er verbreitet – läßt sich sagen, daß sie echtes kosmisches Grauen enthält. Obwohl Mrs. H. D. Everett sich an sehr alten und konventionellen Vorbildern orientiert, erreicht sie doch in ihrer Kurzgeschichtensammlung bisweilen einzigartige Höhen spirituellen Schreckens. L. P. Hartley verdient wegen seiner prägnanten und extrem gruseligen Erzählung »A Visitor from Down Under« Beachtung. May Sinclairs *Uncanny Stories* warten eher mit traditionellem Okkultismus als mit jener schöpferischen Behandlung der Angst auf, die die Meisterschaft in diesem Bereich kennzeichnet, und neigen dazu, auf menschliche Gefühle und psychologische Auslotung größeren Wert zu legen als auf die krassen Phänomene eines gänzlich unwirklichen Kosmos. An dieser Stelle mag die Bemerkung angebracht sein, daß es Autoren, die an das Okkulte glauben, vermutlich weniger gut gelingt, das Gespenstische und das Phantastische zu schildern, als Materialisten, da für erstere die Welt der Phantome etwas so Alltägliches ist, daß sie dazu tendieren, auf diese Welt weniger ehrfürchtig, zurückhaltend und eindrucksvoll hinzuweisen, als jene es tun, die in ihr eine absolute und stupende Verletzung der natürlichen Ordnung sehen.

Von recht ungleichmäßiger stilistischer Qualität, gelegentlich jedoch von ungeheurer Wucht in der Evokation von Welten und Wesen, die sich unter der normalen Oberfläche des Lebens verbergen, ist das Werk William Hope Hodgsons, das heute weit weniger bekannt ist, als es zu sein verdient. Obwohl er zu konventionellen sentimentalen Vorstellungen vom Universum und von der Beziehung des Menschen zu diesem und zu seinen Mitmenschen neigt, steht Hodgson in der ernsthaften Behandlung des Unwirklichen vielleicht nur Algernon Blackwood nach. Wenigen Autoren gelingt es so wie ihm, durch beiläufige Andeutungen und geringfügige Details die Nähe namenloser Mächte und monströser, bedrohlicher Wesen spürbar zu machen oder im Zusammenhang mit bestimmten Regionen und Gebäuden Gefühle des Gespenstischen und des Abnormen zu vermitteln.

In *The Boats of the »Glen Carrig«* (1907) wird uns eine Vielfalt von unheilvollen Wunderdingen und abscheulichen unbekannten Ländern vorgeführt, mit denen sich die Überlebenden eines Schiffbruchs konfrontiert sehen. Die Atmosphäre lauernder Gefahr, die zu

Beginn des Buches gezeichnet wird, läßt sich unmöglich übertreffen, obwohl man dann gegen Ende eine Enttäuschung erlebt, da sich das Ganze zum gewöhnlichen Liebes- und Abenteuerroman entwickelt. Der ungenaue und pseudoromantische Versuch, die Prosa des achtzehnten Jahrhunderts nachzuahmen, tut der allgemeinen Wirkung zwar Abbruch, doch die wirklich profunden nautischen Kenntnisse, die sich überall offenbaren, entschädigen für diesen Makel.

The House on the Borderland (1908) – vielleicht Hodgsons bedeutendstes Werk – erzählt von einem einsamen und übel beleumundeten Haus in Irland, das einen Sammelpunkt für gräßliche jenseitige Mächte bildet und von blasphemischen hybriden Monstern belagert wird, die einem unter dem Haus verborgenen Abgrund entsteigen. Wie der Geist des Erzählers durch den kosmischen Raum und die Zeit wandert, sich in eine Millionen von Lichtjahren entfernte Zukunft versetzt sieht und schließlich die Vernichtung des Sonnensystems erlebt, ist etwas in der einschlägigen Literatur nahezu Einzigartiges. Und allenthalben zeigt sich das Vermögen des Autors, unbestimmte, im Hinterhalt lauernde Schrecken in der natürlichen Szenerie anzudeuten. Hätte es nicht einige Züge abgedroschener Sentimentalität, dann wäre dieses Buch ein Klassiker reinsten Wassers.

The Ghost Pirates (1909), von Hodgson als abschließender Band einer Trilogie angesehen, deren erste Teile die beiden obenerwähnten Werke bilden, berichtet auf packende Weise von der letzten Fahrt eines unter einem Unstern stehenden Spukschiffes und von den schrecklichen Seedämonen (die ein menschenähnliches Aussehen haben und vielleicht die Geister toter Piraten sind), die es belagern und von denen es schließlich unter Wasser gezogen wird, einem unbekannten Schicksal entgegen. Mit seiner Beherrschung maritimen Wissens und den geschickt gewählten Andeutungen und Vorfällen, die auf latente Schrecken in der Natur schließen lassen, erreicht dieses Buch mitunter beneidenswerte Gipfel der Überzeugungskraft.

The Night Land (1912) ist eine breit ausgewalzte, 583 Seiten umfassende Geschichte über die unendlich ferne Zukunft der Erde – Milliarden und Milliarden von Jahren entfernt, als der Tod der Sonne schon lange zurückliegt. Die Story wird auf recht unbeholfene Weise erzählt, nämlich als Traum eines Mannes aus dem siebzehnten Jahrhundert, dessen Geist mit seiner eigenen zukünftigen Inkarnation verschmilzt, und nimmt durch peinliche Geschwätzigkeit, ständige Wiederholungen, eine gekünstelte und widerlich kitschige romantische Sentimentalität sowie durch den Versuch sprachlicher Archaisierung, der noch grotesker und absurder ist als der in *The Boats of the »Glen Carrig«*, ernstlich Schaden an seiner Qualität.

Auch unter Berücksichtigung all seiner Mängel ist das Buch noch eines der eindrucksvollsten Werke makabrer Imagination, die je geschrieben wurden. Die Schilderung des nachtschwarzen toten Planeten, wo die Überlebenden der menschlichen Rasse in einer Metallpyramide enormen Ausmaßes zusammenleben und von monströsen, hybriden und völlig unbekannten Mächten belagert werden, ist etwas, was kein Leser je vergessen kann. Gestalten und Wesen von gänzlich nichtmenschlicher und unvorstellbarer Art – die im Dunkel der menschenleeren, unerforschten Welt außerhalb der Pyramide umherschleichen – werden unsagbar wirkungsvoll *angedeutet* und *zum Teil* beschrieben, während die in Finsternis gehüllte Landschaft mit ihren Abgründen und Abhängen und sterbenden Vulkanen unter der Hand des Autors eine fast greifbare Schrecklichkeit annimmt.

In der Mitte des Buches wagt sich der Protagonist aus der Pyramide heraus und zieht wie ein fahrender Ritter durch Gebiete, in denen tödliche Gefahren lauern und die seit Millionen von Jahren kein Mensch betreten hat – und seine langsame, minuziös beschriebene Reise, die ihn unvorstellbar viele Meilen weit durch die uralte Finsternis führt, vermittelt ein Gefühl kosmischer Fremdheit, atemberaubender Rätselhaftigkeit und angstvoller Erwartung, das im gesamten Bereich der Literatur nicht seinesgleichen hat. Das letzte Viertel des Romans schleppt sich kläglich dahin, was aber die ungeheure Wucht des Ganzen nicht zu schmälern vermag.

Hodgsons späteres Werk *Carnacki, the Ghost-Finder* besteht aus mehreren ziemlich langen Kurzgeschichten, die viele Jahre zuvor schon in Zeitschriften erschienen waren. Qualitätsmäßig fällt es gegenüber seinen anderen Büchern deutlich ab. Wir begegnen hier einer mehr oder weniger konventionellen, stereotypen Figur der Kategorie »unfehlbarer Detektiv« – einem Abkömmling von M. Dupin und Sherlock Holmes und nahen Verwandten von Algernon Blackwoods John Silence –, die in Szenen und Geschehnissen agiert, denen eine Atmosphäre von professionellem Okkultismus beträchtlich zum Nachteil gereicht. Einige der Episoden sind jedoch von unleugbarer Kraft und lassen den spezifischen Genius des Autors kurz manifest werden.

Natürlich ist es in einem kurzen Abriß wie dem vorliegenden nicht möglich, alle klassischen Ausprägungen, die das Element des Schreckens in der modernen Literatur gefunden hat, im einzelnen aufzuführen. Dieses Ingrediens muß zwangsläufig in alle Werke der Prosa wie der Verskunst einfließen, die im weitesten Sinne vom Leben handeln, und es nimmt uns deshalb keineswegs wunder, ihm auch bei Schriftstellern wie dem Dichter Browning, dessen »Childe Roland to the Dark Tower Came« von einer Aura grauenhafter Bedrohung durchdrungen ist, oder dem Romancier Joseph Conrad zu begegnen, der oft von den dunklen Geheimnissen des Meeres und von der dämonischen, treibenden Macht des Schicksals schrieb, die das Leben einsamer und manisch entschlossener Männer lenkt. Die Spur des literarischen Schreckens verläuft unendlich verästelt, doch wir müssen uns hier auf die Fälle beschränken, wo er in relativ unvermischtem Zustand auftritt und zum bestimmenden und beherrschenden Faktor des betreffenden Kunstwerks wird.

Etwas anders geartet als die englische Hauptströmung ist jene Strömung des Unheimlich-Übernatürlichen in der irischen Literatur, die sich im Zuge der Keltischen Renaissance des späten neunzehnten und frühen zwanzigsten Jahrhunderts herausbildete. Gespenstergeschichten und Märchen haben in Irland schon immer eine große Rolle gespielt und werden seit über hundert Jahren von gewissenhaften Chronisten und Übersetzern aufgezeichnet, darunter William Carleton, T. Crofton Croker, Lady Wilde – die Mutter von Oscar Wilde –, Douglas Hyde und W. B. Yeats. Seit die Moderne diese Sagen und Mythen der Allgemeinheit zur Kenntnis gebracht hat, sind sie sorgfältig gesammelt und studiert worden, und ihre markantesten Elemente haben in das Werk späterer Autoren wie Yeats, J.M. Synge, »A.E.«, Lady Gregory, Padraic Colum, James Stephens und andere Eingang gefunden.

Obwohl diese Folklore und ihre bewußt künstlerisch gestalteten Pendants im großen und ganzen eher skurril-phantastisch als schreckenerregend sind, enthalten sie doch auch viel, was durchaus in den Bereich kosmischen Grauens fällt. Geschichten über Begräbnisse in Kirchen, die auf dem Grund verwunschener Seen liegen, Berichte von Banshees, die den Tod ankündigen, und von bösartigen Wechselbälgen, Balladen über Gespenster und »die scheußlichen Kreaturen aus den Feenhügeln« – all diese Dinge rufen entschieden einen nachhaltigen Schauder hervor und sind charakteristisch für eine stark ausgeprägte Komponente der unheimlich-übernatürlichen Literatur. Trotz der grotesken Hausbackenheit und absoluten Naivität steckt doch auch echtes Grauen in Geschichten wie der von Teig O'Kane, der zur Strafe für sein ausschweifendes Leben die ganze Nacht von einer gräßlichen Leiche geritten wird, die verlangt, bestattet zu werden, und ihn von einem Friedhof zum anderen hetzt, da sich auf jedem die Toten in ekelhafter Weise aus ihren Gräbern erheben und sich weigern, dem Neuankömmling eine Ruhestätte zu gewähren. Yeats, zweifellos die bedeutendste Gestalt der Irischen Renaissance, wenn nicht sogar der bedeutendste lebende Dichter, hat sowohl in seinem eigenen Werk als auch bei der systematischen Sammlung alter Sagen und Legenden bemerkenswerte Dinge vollbracht.

Die modernen Meister

Die besten Horrorerzählungen von heute profitieren von der langen Entwicklungsgeschichte der Gattung und besitzen eine Natürlichkeit, Überzeugungskraft, künstlerische Eleganz und eine von hohem Können zeugende Wirkungsintensität, denen nichts in den gotischen, ein Jahrhundert und länger zurückliegenden Werken gleichkommt. Erzähltechnik, handwerkliches Können, Sachkenntnis und psychologisches Wissen haben im Laufe der Jahre gewaltige Fortschritte gemacht, so daß vieles in den älteren Werken jetzt naiv und gekünstelt wirkt, was – wenn überhaupt – nur durch einen Genius wettgemacht werden kann, der die großen Unzulänglichkeiten vergessen läßt. Der flotte, schwülstig-romantische Stil, der ständig mit falschen Motivationen arbeitet, jedes erdenkliche Ereignis mit unechter Bedeutsamkeit versieht und ihm völlig unbekümmert einen allumfassenden Glanz verleiht, beschränkt sich heutzutage auf trivialere und skurrilere Erscheinungsformen der Literatur des Übernatürlichen. Ernsthafte unheimlich-übernatürliche Geschichten werden entweder eindringlich realistisch gestaltet, indem der Autor auf enge Übereinstimmung mit der Wirklichkeit und perfekte Naturtreue achtet, abgesehen von der einen Wendung ins Übernatürliche, die er sich gestattet, oder aber gänzlich im Bereich der Phantasie angesiedelt, in einer Atmosphäre, die aufs geschickteste so eingerichtet ist, daß sie der Vergegenwärtigung einer feingesponnenen exotischen Welt des Unwirklichen dient, die jenseits von Raum und Zeit liegt und in der fast alles geschehen kann, sofern es nur im Einklang mit bestimmten Kategorien der Vorstellungs- und Einbildungskraft geschieht, über die gewöhnlich jedes sensible menschliche Hirn verfügt. Dies ist zumindest die vorherrschende Tendenz, obwohl natürlich viele große zeitgenössische Schriftsteller gelegentlich in einige der grellen Posen eines unreifen Romantizismus verfallen oder in den ebenso nichtssagenden wie absurden Jargon eines pseudowissenschaftlichen Okkultismus, der jetzt gerade wieder einmal Hochkonjunktur hat.

Von den lebenden Gestaltern kosmischer Angst in höchster künstlerischer Vollendung können nur wenige – wenn überhaupt welche – hoffen, an den vielseitigen Arthur Machen heranzureichen, der einige Dutzend lange und kurze Erzählungen verfaßt hat, in denen die Elemente verborgenen Grauens und lauernden Schreckens eine nahezu einzigartige Präsenz und realistische Schärfe gewinnen. Auf seine pikareske *Chronicle of Clemendy*, seine erfrischenden Essays, seine lebendigen autobiographischen Bücher, seine frischen und schwungvollen Übersetzungen und vor allem auf sein denkwürdiges episches Werk über das sensible künstlerische Gemüt, *The Hill of Dreams* – in dem der jugendliche Held dem Zauber jenes geschichtsträchtigen walisischen Ambientes erliegt, dem der Autor selbst entstammt, und ein Traumleben in der römischen Stadt Isca Silurum führt, an deren Stelle sich heute nur noch das von Altertümern übersäte Dorf Caerleon-on-Usk befindet –, hat Machen, ein in vielen Sparten tätiger Literat, der einen erlesenen, lyrischen und ausdrucksvollen Prosastil meisterhaft beherrscht, vielleicht bewußtere Mühe verwendet. Das ändert jedoch nichts an der Tatsache, daß seine kraftvollen Horrorerzählungen aus den neunziger Jahren des vorigen und den ersten Jahren des zwanzigsten Jahrhunderts eine Klasse für sich bilden und ein Markstein in der Geschichte dieser literarischen Form sind.

Machen, zu dessen für Eindrücke empfänglicher keltischer Mentalität sich lebhafte Jugenderinnerungen an die wilden, kuppelförmigen Berge, die uralten Wälder und die geheimnisumwobenen römischen Ruinen der Landschaft von Gwent gesellen, hat ein Phantasieleben von seltener Schönheit und Intensität und mit einzigartigem historischen Hintergrund entwickelt. Er hat das mittelalterliche Mysterium dunkler Wälder und alter Bräuche in sich aufgesogen und ist ein Fürsprecher aller Aspekte des Mittelalters, einschließlich des katholischen Glaubens. Desgleichen ist er der Faszination des britannisch-römischen Lebens erlegen, das einst seine Heimatregion überflutete, und die befestigten Lager, die schachbrettartige Straßenpflasterung, die Statuenfragmente und ähnliche Dinge, die von der Zeit erzählen, da der klassische Geist herrschte und Latein die Landessprache war, üben einen eigentümlichen Zauber auf ihn aus. Frank Belknap Long, Jun., ein junger amerikanischer Dichter, hat in seinem Sonett »On Reading Arthur Machen« die reiche Begabung und sprachliche Zauberkraft dieses Träumers sehr schön charakterisiert:

There is a glory in the autumn wood;
The ancient lanes of England wind and climb
Past wizard oaks and gorse and tangled thyme
To where a fort of mighty empire stood:
There is a glamour in the autumn sky;
The reddened clouds are writhing in the glow

Of some great fire, and there are glints below
Of tawny yellow where the embers die.

I wait, for he will show me, clear and cold,
High-rais'd in splendour, sharp against the North,
The Roman eagles, and thro' mists of gold
The marching legions as they issue forth:
I wait, for I would share with him again
The ancient wisdom, and the ancient pain.

Da ist eine Pracht im herbstlichen Wald; / Die uralten Feldwege Englands schlängeln sich bergauf / Vorbei an magischen Eichen und Stechginster und dichtem Thymian / Bis dorthin, wo einst die Festung eines mächtigen Reiches stand: / Da ist ein Glanz am herbstlichen Himmel; / Die geröteten Wolken zucken im Schein / Eines großen Feuers, und unten ein Schimmer / Von lohfarbenem Gelb, wo die Glut erlöscht.
Ich warte, denn er wird mir zeigen, klar und kalt, / Hoch erhoben in ihrer Herrlichkeit, sich scharf gegen Norden abzeichnend, / Die römischen Adler, und durch goldenen Nebel hindurch / Die marschierenden Legionen, wie sie zum Kampf aufbrechen: / Ich warte, denn ich möchte wieder mit ihm teilen / Die alte Weisheit und den alten Schmerz.

Machens berühmteste Horrorgeschichte ist vielleicht »The Great God Pan« (1894), die von einem außergewöhnlichen und schrecklichen Experiment und seinen Folgen erzählt. Ein gehirnchirurgischer Eingriff ermöglicht es einer jungen Frau, den gigantischen und monströsen Gott der Natur zu sehen; infolgedessen wird sie jedoch schwachsinnig und stirbt kaum ein Jahr später.

Jahre danach wird bei einer Familie im ländlichen Wales ein eigenartiges, ominöses und fremdländisch aussehendes Kind namens Helen Vaughan in Pflege gegeben, dessen Angewohnheit es ist, rätselhafte Streifzüge durch die Wälder zu unternehmen. Ein kleiner Junge verliert den Verstand, als er jemand oder etwas erblickt, mit dem Helen im Wald zusammen ist, und ein junges Mädchen findet unter ähnlichen Umständen ein schreckliches Ende. All diese mysteriösen Geschehnisse sind auf seltsame Weise mit den ländlichen römischen Gottheiten der Gegend verwoben, von denen die Fragmente antiker Skulpturen Zeugnis ablegen. Nachdem weitere Jahre vergangen sind, taucht in der Gesellschaft eine Frau von eigentümlich exotischer Schönheit auf, die ihren Gatten das Grauen lehrt und ihn in den Tod treibt, einen Künstler veranlaßt, unvorstellbare Bilder vom Hexensabbat zu malen, und unter den Männern ihres Bekanntenkreises eine Selbstmordepidemie auslöst. Man entdeckt schließlich, daß sie die übelsten Lasterhöhlen von London frequentiert, wo selbst die abgebrühtesten Wüstlinge über ihre Ungeheuerlichkeiten schockiert sind. Indem diejenigen, die in verschiedenen Lebensstadien dieser Frau etwas über sie erfahren haben, diverse Aufzeichnungen miteinander vergleichen, finden sie heraus, daß sie mit Helen Vaughan identisch ist, dem – von keinem sterblichen Vater gezeugten – Kind der jungen Frau, an der das gehirnchirurgische Experiment durchgeführt wurde. Sie ist eine Tochter des gräßlichen Pan persönlich, und als man sie am Schluß zum Selbstmord zwingt, macht sie eine Reihe abscheulicher Metamorphosen durch, zu denen auch ein Wechsel des Geschlechts und eine Rückentwicklung zu den urtümlichsten Manifestationen des Lebensprinzips gehören.

Doch der Zauber der Geschichte liegt in der Art des Erzählens. Niemand brächte es fertig, die wachsende Spannung und das absolute Grauen, von denen jeder Abschnitt erfüllt ist, zu beschreiben, ohne dabei die genaue Reihenfolge einzuhalten, in der Machen Schritt für Schritt seine Hinweise und Enthüllungen entfaltet. Zwar läßt sich nicht leugnen, daß dieser Text auch melodramatische Elemente enthält, und der Zufall wird in einem Maße strapaziert, das bei näherer Betrachtung absurd erscheint, doch angesichts des unheilvollen Zaubers, den die Geschichte als Ganzes ausstrahlt, vergißt man solche Kleinigkeiten, und der sensible Leser wird die Lektüre nur mit einem achtungsvollen Schaudern beenden und sich geneigt sehen, die Worte einer der Figuren zu wiederholen: »Es ist zu unglaublich, zu monströs, es können solche Dinge niemals auf dieser ruhigen Welt geschehen. ... Mann, wäre solch ein Vorfall möglich, dann wäre unsere Erde ein Alptraum.«

Weniger berühmt und von weniger komplexem Handlungsgefüge als »The Great God Pan«, doch in der atmosphärischen Gestaltung und im generellen künstlerischen Wert entschieden hochkarätiger ist die merkwürdige und auf unbestimmte Weise beunruhigende Erzählung mit dem Titel »The White People«, deren Hauptteil als tagebuchartige Aufzeichnungen eines kleinen Mädchens ausgegeben wird, das von seiner Amme in einige der verbotenen magischen und seelentötenden Praktiken des schändlichen Hexenkults eingeführt worden ist – jenes Kults, dessen Lehren jahrhundertelang im ganzen westlichen Europa flüsternd von einer Bauerngeneration an die nächste weitergegeben wurden und dessen Anhänger sich manchmal des Nachts einer nach dem andern davonstahlen, um sich in finsteren Wäldern und an einsamen Orten zu den widerwärtigen Orgien des Hexensabbats zu versammeln. Machens Erzählung, ein Triumph geschickter Selektivität und künstlerischer Zucht, akkumuliert eine ungeheure Kraft, während sie in einem Strom unschuldigen kindlichen Geplappers dahinfließt, in den Anspielungen auf seltsame »Nymphen«, »Dôls«, »Vulas«, »Weiße, Grüne und Scharlachrote Zeremonien«, »Aklobuchstaben«, die »Chiansprache«, »Maospiele« und dergleichen eingestreut werden. Die Riten, die die Amme von ihrer Großmutter, einer Hexe, gelernt hat, werden dem Kind beigebracht, als es drei Jahre alt ist, und seine arglosen Berichte über die gefährlichen geheimen Enthüllungen sind von einer indirekten Schrecklichkeit, in die sich etwas ungemein Erschütterndes mischt. Schadenzaubereien, wie jeder Volkskundler sie kennt, werden mit jugendlicher Naivität beschrieben, und schließlich, an einem Winternachmittag, macht das Mädchen einen Gang in die alten walisischen Berge, dem ein Fluidum des Phantastischen anhaftet, das der wilden Szenerie noch zusätzlich etwas Unheimliches, Fremdartiges und Groteskes verleiht. Die Details dieses Erlebnisses werden mit wunderbarer Lebendigkeit geschildert, und für den scharfsichtigen Kritiker stellt diese Passage ein Meisterstück phantastischer Fabulierkunst dar, besitzt sie doch ein nahezu unbegrenztes Vermögen, Dinge von überwältigender Gräßlichkeit und kosmischer Abartigkeit anzudeuten. Dann stößt das Mädchen, das inzwischen dreizehn Jahre alt ist, mitten in einem dunklen und unzugänglichen Wald auf einen geheimnisvollen Gegenstand von tödlicher Schönheit. Voller Furcht flieht sie, ist aber fortan verändert und kehrt wiederholt in den Wald zurück. Zum Schluß überwältigt das Grauen sie auf eine Weise, auf die schon durch eine Anekdote im Prolog geschickt vorausgewiesen wird, doch sie vergiftet sich gerade noch rechtzeitig. Wie die Mutter von Helen Vaughan in »The Great God Pan« hat sie jene entsetzenerregende Gottheit gesehen. Man findet ihre Leiche im dunklen Wald, neben dem geheimnisvollen Gegenstand liegend, den sie dort entdeckt hat, und dieser Gegenstand – eine leuchtend weiße Statue römischer Herkunft, um die sich gräßliche, aus dem Mittelalter stammende Gerüchte ranken – wird von denjenigen, die das Mädchen gefunden haben, voller Entsetzen zu Staub zerschlagen.

Der Episodenroman *The Three Impostors*, ein Werk, dessen Qualität als Ganzes durch eine Imitation der flotten Schreibweise Stevensons etwas beeinträchtigt wird, enthält bestimmte Erzählungen, die vielleicht den Gipfelpunkt von Machens Können als Gestalter des Schreckens darstellen. Hier begegnen wir auch – in ihrer künstlerischsten Form – einer unheimlich-übernatürlichen Lieblingskonzeption des Autors, nämlich der These, daß in Höhlen unter den Hügeln und Felsen der wilden walisischen Berge eine primitive Rasse untersetzter Kreaturen haust, deren Treiben die weitverbreiteten Volkssagen über Feen, Elfen und das »kleine Volk« aufkommen ließ und deren Aktivitäten selbst heute noch dafür verantwortlich sind, daß bisweilen auf unerklärliche Weise Menschen verschwinden und normale Kinder gegen seltsame, bösartige »Wechselbälge« ausgetauscht werden. Seine großartigste Behandlung erfährt dieses Thema in der Episode mit dem Titel »The Novel of the Black Seal«, in der ein Professor, der entdeckt hat, daß zwischen bestimmten Schriftzeichen, die auf einen Kalksteinfelsen in Wales gekritzelt wurden, und denen auf einem prähistorischen schwarzen Siegelstein aus Babylon eine einzigartige Übereinstimmung besteht, weitere Nachforschungen anstellt, die ihn auf unbekannte und schreckliche Dinge stoßen lassen. Ein kurioser Passus bei dem antiken Geographen Solinus; die Tatsache, daß in einsamen Regionen von Wales mehrere Menschen auf mysteriöse Weise verschwunden sind; der eigenartige, schwachsinnige Junge, den eine Frau vom Lande gebiert, nachdem sie etwas erlebt hat, dessen Entsetzlichkeit sie in ihrem innersten Wesen erschütterte – zwischen all diesen Dingen vermutet der Professor einen gräßlichen Zusammenhang, und sie lassen ihn auf Umstände schließen, die jeden, der die menschliche Rasse liebt und respektiert, mit Abscheu erfüllen. Er nimmt den schwachsinnigen Jungen, der von Zeit zu Zeit mit widerwärtig zischender Stimme ein sonderbares Kauderwelsch von sich gibt und gelegentlich epileptische Anfälle hat, in seine Dienste. Nachdem einmal ein solcher Anfall nachts im Arbeitszimmer des Professors stattgefunden hat, nimmt man einen beunruhigenden Geruch wahr und entdeckt etwas, was von der Einwirkung widernatürlicher Kräfte zeugt. Bald darauf bricht der Professor, von fieberhafter Erwartung und seltsamer Bangigkeit erfüllt, in die unheimlichen Berge auf, hinterläßt jedoch ein umfangreiches Manuskriptbündel. Er kehrt nie zurück, doch als man das wilde Hügelland absucht, findet man neben einem phantastisch geformten Stein seine Uhr, sein Geld und seinen Ring, eingewickelt in ein

Stück Pergament und mit Katgut zusammengeschnürt; das Pergament trägt die gleichen schrecklichen Schriftzeichen wie das schwarze babylonische Siegel und der Felsen in den walisischen Bergen.

Das umfangreiche Manuskript erklärt genug, um die gräßlichsten Bilder heraufzubeschwören. Das Material, das Professor Gregg zusammengetragen hat – das Verschwinden zahlreicher Menschen in Wales, die Inschrift auf dem Felsen, die Berichte antiker Geographen und das schwarze Siegel –, hat ihn zu dem Schluß kommen lassen, daß unter den Hügeln einsamer Regionen von Wales immer noch eine entsetzliche Rasse bösartiger Urwesen lebt, die unvorstellbar alt ist und vorzeiten weitverbreitet war. Durch weitere Untersuchungen ist es ihm gelungen, den Text des schwarzen Siegels zu enträtseln und nachzuweisen, daß der schwachsinnige Junge, Sohn eines Vaters, der schrecklicher ist als jeder Mensch, monströse Erinnerungen und Fähigkeiten geerbt hat. In jener seltsamen Nacht in seinem Arbeitszimmer hat der Professor mittels des schwarzen Siegels »die furchtbare Verwandlung der Hügelbewohner« herbeigeführt und in dem hybriden Idioten die grauenhaften Fähigkeiten wachgerufen, die er von seinem abscheulichen Vater geerbt hat. Gregg »sah seinen Körper anschwellen und sich aufblähen wie eine Schweinsblase, während das Gesicht... schwarz wurde...«. Und als die Verwandlung ihren Höhepunkt erreicht, wird der Professor von rasender kosmischer Angst in ihrer finstersten Form befallen. Er erkennt, welche unermeßlichen Abgründe des Abnormen sich durch sein Verhalten vor ihm aufgetan haben, und macht sich gefaßt und schicksalsergeben in die wilden Berge auf. Er will mit dem unvorstellbaren »Kleinen

Volk« Kontakt aufnehmen – und seine Aufzeichnungen enden mit einer sehr weisen Bemerkung: »Wenn ich unglücklicherweise nicht von meinem Gang zurückkehren sollte, dann ist es nicht notwendig, hier ein Bild meines furchtbaren Schicksals heraufzubeschwören.«

The Three Impostors enthält auch »The Novel of the White Powder«, eine Erzählung, die fast den absoluten Höhepunkt des Ekelhaften und Entsetzlichen erreicht. Francis Leicester, ein junger Jurastudent, der durch sein zurückgezogenes Leben und durch Überarbeitung in einen Zustand nervöser Erschöpfung geraten ist, löst bei einem alten Apotheker, der nicht allzu sorgfältig auf die Beschaffenheit seiner Drogen achtet, ein ärztliches Rezept ein. Die Substanz, die Leicester erhält, ist, wie sich später herausstellt, ein ungewöhnliches Salz, das sich, da es viele Jahre lang Temperaturschwankungen ausgesetzt war, zufällig in etwas sehr Seltsames und Schreckliches verwandelt hat – kurzum, in nichts Geringeres als den mittelalterlichen *Vinum Sabbati*, dessen Einnahme bei den scheußlichen Orgien des Hexensabbats zu schockierenden Transformationen führte und der, wenn man unbesonnen von ihm Gebrauch machte, unaussprechliche Folgen zeitigte. Ganz arglos nimmt der junge Mann das Pulver, aufgelöst in einem Glas Wasser, regelmäßig nach den Mahlzeiten zu sich, und zunächst scheint es ihm auch sehr gut zu tun. Allmählich jedoch nimmt die Wiederbelebung seiner Lebensgeister die Form der Ausschweifung an; er ist viel außer Haus und scheint sich auf abstoßende Weise psychisch verändert zu haben. Eines Tages zeigt sich auf seiner rechten Hand ein merkwürdiger schwärzlicher Fleck. Kurze Zeit später nimmt er sein zurückgezogenes Leben wieder auf, schließt sich in seinem Zimmer ein und gewährt niemandem aus dem Haushalt mehr Zutritt. Der Arzt kommt, um mit ihm zu sprechen, und verläßt, von Entsetzen gelähmt, das Haus, in dem er, wie er sagt, nichts mehr auszurichten vermag. Zwei Wochen danach sieht die Schwester des Patienten, als sie von einem Spaziergang zurückkehrt, am Fenster des Krankenzimmers ein monströses Wesen, und die Dienstboten berichten, daß das Essen, das sie vor die verschlossene Tür stellen, nicht mehr angerührt wird. Wenn man an seine Tür klopft, hört man nur das Geräusch schlurfender Schritte, und eine undeutliche, gurgelnde Stimme verlangt, in Ruhe gelassen zu werden. Schließlich kommt es zu einem furchtbaren Vorfall, der von einem zitternden Hausmädchen gemeldet wird. Die Decke des Zimmers unter dem Leicesters zeigt einen gräßlichen schwarzen, tropfenden Fleck, und auf dem Bett darunter hat sich eine Lache widerlicher Flüssigkeit gebildet. Dr. Haberden, der sich jetzt überreden läßt, das Haus wieder zu betreten, bricht die Tür zum Zimmer des jungen Mannes auf und schlägt wieder und wieder mit einer Eisenstange auf das blasphemische, halblebendige Ding ein, das er dort vorfindet. Es ist »eine dunkle, faulige Masse, wimmelnd von Verwesung und stinkendem Zerfall, weder flüssig noch fest, sondern ... schmelzend und sich verändernd.« Brennende Punkte wie Augen leuchten aus der Mitte dieses Dings, und bevor ihm der Garaus gemacht wird, versucht es, etwas, was ein Arm gewesen sein könnte, zu heben. Der Arzt, außerstande, die Erinnerung an das, was er gesehen hat, zu ertragen, stirbt kurze Zeit später während der Überfahrt nach Amerika, wo er ein neues Leben beginnen wollte.

In »The Red Hand« und »The Shining Pyramid«

kommt Machen auf das dämonische »Kleine Volk« zurück, und in *The Terror*, einer Geschichte aus der Zeit des Weltkriegs, behandelt er – in Form einer äußerst spannenden *mystery story* – die Auswirkung, die die Leugnung des Spirituellen durch den heutigen Menschen auf die Tiere der Welt hat, die sich infolgedessen veranlaßt sehen, an seiner Überlegenheit zu zweifeln und sich zusammenzuschließen, um ihn auszurotten. Von größter Subtilität, überdies von reinem Horror in echten Mystizismus übergehend, ist *The Great Return*, eine Geschichte über den Gral, die ebenfalls während des Krieges geschrieben wurde. Zu bekannt, um hier beschrieben werden zu müssen, ist die Erzählung »The Bowmen«, die als authentischer Bericht aufgefaßt wurde und die weitverbreitete Legende von den »Engeln von Mons« entstehen ließ – Geistern der alten englischen Bogenschützen aus den Schlachten von Crécy und Agincourt, die 1914 Seite an Seite mit den in Bedrängnis geratenen Mannschaften der glorreichen englischen »Old Contemptibles« kämpften.

Weniger intensiv als Machen schildert der inspirierte und sehr produktive Algernon Blackwood die Extreme nackter Angst, ist dafür jedoch der Vorstellung einer unwirklichen Welt, die neben der unseren existiert, wesentlich enger verbunden. In seinem umfangreichen und ungleichmäßigen Werk finden sich einige der großartigsten Beispiele phantastischer Literatur, die unsere oder sonst eine Zeit hervorgebracht hat. Der hohe Rang von Blackwoods Genius steht außer Frage, denn niemand ist bisher dem Geschick, der Ernsthaftigkeit und minuziösen Genauigkeit, mit denen er die Untertöne des Seltsamen in gewöhnlichen Dingen und Erfahrungen festhält, auch nur nahegekommen, geschweige denn dem Verständnis für das Übernatürliche, mit dem er Schritt für Schritt die Empfindungen und Wahrnehmungen aufbaut, die von der Wirklichkeit in eine übersinnliche Welt oder Vision führen. Ohne in auffälligem Maße die poetische Magie des reinen Wortes zu beherrschen, ist er *der* absolute und unbestrittene Meister der unheimlich-übernatürlichen Atmosphäre und vermag es, einen simplen Passus trockener psychologischer Beschreibung derart suggestiv zu gestalten, daß er fast einer ganzen Geschichte gleichkommt. Besser als alle anderen Autoren begreift er, wie sehr manche sensible Gemüter ständig im Grenzland des Traums weilen und wie verhältnismäßig klein der Unterschied ist zwischen denjenigen Bildern, die von realen Gegenständen ausgelöst werden, und jenen, die durch das Spiel der Einbildungskraft entstehen.

Blackwoods weniger bedeutende Werke weisen verschiedene Schwächen auf, darunter moralische Lehrhaftigkeit, eine gelegentliche fade Skurrilität, das banal wirkende Auftreten wohlwollender übernatürlicher Mächte und eine zu freizügige Verwendung des modernen okkultistischen Fachjargons. Seine gewichtigeren Texte leiden unter Weitschweifigkeit und Langatmigkeit, bedingt durch den äußerst umständlichen Versuch, mittels eines etwas dürftigen und journalistischen Stils, dem jegliche magische Kraft, Farbe und Lebendigkeit fehlt und der deshalb ein Handikap bedeutet, präzise Empfindungen und Nuancen, die Unheimliches suggerieren, darzustellen. Doch trotz alledem erreichen Blackwoods Hauptwerke ein wahrhaft klassisches Niveau und rufen wie keine anderen literarischen Produkte die ehrfürchtige Überzeugung hervor, daß wir von fremdartigen spirituellen Sphären oder Wesen umgeben sind.

Die nahezu endlose Reihe von Blackwoods fiktionalen Texten umfaßt sowohl Romane als auch kürzere Erzählungen, letztere manchmal selbständige Geschichten, manchmal als Serie miteinander zusammenhängend. Als herausragendstes Werk muß »The Willows« angesehen werden, in dem zwei müßige Reisende auf fürchterliche Weise die namenlosen Mächte auf einer einsamen Donauinsel spüren und erkennen. Erzählerische Kunst und Zurückhaltung gelangen hier zur höchsten Entfaltung, und ohne eine einzige gezwungen wirkende Passage oder einen einzigen falschen Ton entsteht ein Eindruck von nachhaltiger Eindringlichkeit. Eine weitere extrem kraftvolle, wenn auch künstlerisch weniger vollendete Story ist »The Wendigo«, die uns mit dem schrecklichen Treiben eines riesenhaften Walddämons konfrontiert, von dem die Holzfäller der kanadischen Wälder abends im Flüsterton erzählen. Die Art und Weise, wie bestimmte Fußspuren bestimmte unglaubliche Dinge verraten, stellt fürwahr einen ausgeprägten Triumph handwerklichen Könnens dar. In »An Episode in a Lodging House« begegnen wir furchteinflößenden Wesen, die ein Magier aus der Finsternis des Raums herbeigerufen hat, und »The Listener« erzählt von dem scheußlichen psychischen Residuum, das in einem alten Haus zurückgeblieben ist, wo einst ein Leprakranker Selbstmord begangen hat. Der Band mit dem Titel *Incredible Adventures* enthält einige der großartigsten Erzählungen, die der Autor bislang geschrieben hat, Erzählungen, die den Leser an wilden Riten auf nächtlichen Bergen teilnehmen lassen, ihm geheime und schreckliche Erscheinungen enthüllen, die sich hinter belanglosen Szenen verbergen, und ihn in unvorstellbare, geheimnisvolle Gewölbe unter dem Sand und den Pyramiden Ägyptens mitnehmen – all dies erzählt mit einer Ernsthaftigkeit, einer Finesse und Feinfühligkeit, die überzeugen, wo eine krudere oder leichtfertigere Behandlung lediglich unterhaltsam wirken würde. Einige dieser Texte sind kaum Geschichten im eigentlichen Sinne, sondern eher Studien über schwer faßbare Impressionen und halberinnerte Traumfragmente. Die Handlung spielt überall eine untergeordnete Rolle, während die atmosphärische Gestaltung im Vordergrund steht.

John Silence – Physician Extraordinary ist ein Buch, das aus fünf miteinander verknüpften Erzählungen besteht, durch die eine einzigartige Figur ihren triumphalen Weg nimmt. Diese Stories, deren einziger Makel die gelegentlichen Anklänge an die Atmosphäre populärer und konventioneller Detektivgeschichten sind – denn Dr. Silence ist eines jener wohltätigen Genies, die ihre bemerkenswerten Kräfte dazu verwenden, ehrenwerten Mitmenschen, die in Schwierigkeiten geraten sind, zu helfen –, enthalten einiges vom Besten des Autors und rufen Vorstellungen hervor, die eindringlich und dauerhaft zugleich sind. Der den Band eröffnende Text, »A Psychical Invasion«, erzählt, was einem sensiblen Schriftsteller in einem Haus widerfährt, das einst der Schauplatz finsterer Taten war, und wie eine Horde Dämonen ausgetrieben wird. »Ancient Sorceries«, vielleicht die beste Geschichte des Buches, schildert mit fast hypnotischer Lebendigkeit eine alte französische Stadt, wo vorzeiten der Hexensabbat von allen Bewohnern gefeiert wurde, die zu diesem Zweck die Gestalt von Katzen annahmen. In »The Nemesis of Fire« wird ein gräßlicher Elementargeist durch frisches Blut beschworen, während es in »Secret Worship« um eine deutsche Schule geht, die einst im Banne des Satanskults stand und wo noch lange danach eine Aura des Bösen herrscht. »The Camp of the Dog« ist eine Werwolfsgeschichte, die jedoch durch Moralisieren und professionellen Okkultismus in ihrer Wirkung geschwächt wird.

Vielleicht zu subtil, um eindeutig als Horrorliteratur klassifiziert zu werden, doch möglicherweise auf wahrhaftigere Art künstlerisch in einem absoluten Sinne sind solche feingesponnenen Phantasien wie *Jimbo* oder *The Centaur*. Blackwood gelingt in diesen Romanen eine dichte und greifbare Annäherung an das innerste Wesen des Traums, indem er die konventionellen Schranken zwischen Realität und Imagination rücksichtslos niederreißt.

Ein unübertroffener Sprachzauberer, der eine kristalline, melodische Prosa schreibt, und begnadeter Gestalter einer prunkvollen, betörenden Welt schillernd exotischer Bilder ist Edward John Moreton Drax Plunkett, achtzehnter Baron Dunsany, dessen Erzählungen und Kurzdramen ein nahezu einzigartiges Element in unserer Literatur darstellen. Als Erfinder einer neuen Mythologie und Schöpfer erstaunlicher Sagen und Legenden hat Lord Dunsany sich einer eigenartigen Welt von phantastischer Schönheit sowie dem unablässigen Kampf gegen die Roheit und Häßlichkeit der Alltagswirklichkeit verschrieben. Im Kontext der Literatur aller Zeiten nimmt er den am wahrhaftigsten kosmischen Standpunkt von allen ein. Dieser Autor besitzt das gleiche Gespür für dramatische Werte und die Bedeutsamkeit einzelner

Worte und Details wie Poe, ist rhetorisch jedoch weit besser ausgerüstet als dieser, da er über einen schlichten lyrischen Stil verfügt, der auf der Prosa der King James-Bibel basiert. Mit enormer Effektivität macht Dunsany von nahezu jedem Mythen- und Sagenschatz des europäischen Kulturkreises Gebrauch und schafft so einen aus verschiedenen Komponenten zusammengesetzten, beziehungsweise eklektischen Fantasy-Zyklus, in dem orientalische Farbigkeit, hellenische Form, teutonische Düsternis und keltische Versonnenheit derart süperb miteinander verschmolzen sind, daß jedes Element die anderen trägt und ergänzt, ohne daß dabei auf perfekte Kongruenz und Homogenität verzichtet würde. Die meisten Geschichten Dunsanys spielen in Fabelländern –»jenseits des Ostens« oder »am Rande der Welt«. Sein System erfundener Personen- und Ortsnamen, das auf klassische, orientalische und andere Quellen zurückgreift, ist ein Wunder an vielseitiger Erfindungsgabe und poetischem Urteilsvermögen, was sich aus Beispielen wie »Argimenes«, »Bethmoora«, »Poltarnees«, »Camorak«, »Illuriel« oder »Sardathrion« ersehen läßt.

Dunsanys Werk steht eher im Zeichen des Schönen als des Schrecklichen. Er liebt das lebhafte Grün von Jade und kupfernen Kuppeln und den feinen Glanz der untergehenden Sonne auf den elfenbeinernen Minaretten unmöglicher Traumstädte. Auch Humor und Ironie sind oft vorhanden, um dem Ganzen, das sonst einen zu hohen Grad an Naivität besäße, einen leicht zynischen Anstrich zu verleihen. Nichtsdestoweniger findet sich hier und da – was bei einem Meister des triumphierenden Irrealismus unvermeidlich ist – ein Touch kosmischen Schreckens, der durchaus der authentischen Tradition angehört. Dunsany liebt es, listig und geschickt ungeheuerliche Dinge und unglaubliche Verhängnisse anzudeuten, so wie es im Märchen geschieht. Im *Book of Wonder* hören wir von Hlo-hlo, der gigantischen Spinnengöttin, die nicht immer in ihrem Tempel bleibt; wir erfahren, was die Sphinx im Wald fürchtet; wir lesen von Slith, dem Dieb, der über den Rand der Welt springt, weil er gesehen hat, wie ein bestimmtes Licht entzündet wurde, und weiß, *wer* es entzündet hat; von den menschenfressenden Gibbelinen, die in einem verruchten Turm wohnen und einen Schatz bewachen; von den Gnolen, die im Wald leben und die man besser nicht bestiehlt; von der Stadt Nimmermehr und den Augen, die in den Untern Regionen aufmerksam wachen, und von ähnlichen Dingen der Finsternis. *A Dreamer's Tales* erzählt von dem Geheimnis, das alle Einwohner Bethmooras veranlaßte, in die Wüste zu fliehen; von dem riesigen Tor der Stadt Perdóndaris, das aus einem *einzigen Stück* Elfenbein geschnitzt ist; und von der Fahrt des armen alten Bill, dessen Kapitän die Mannschaft verwünscht und tückisch aussehenden Inseln einen Besuch abstattet, die erst vor kurzem aus dem Meer aufgetaucht sind und auf denen niedrige, strohgedeckte Hütten mit bösartig wirkenden, undurchsichtigen Fenstern stehen.

Viele der Kurzdramen Dunsanys sind durchdrungen vom Gespenstischen und Furchterregenden. In *The Gods of the Mountain* geben sich sieben Bettler für die sieben Götter aus, deren grüne Statuen auf einem weit entfernten Berg stehen, und lassen es sich in einer Stadt wohl sein, wo sie von den Gläubigen verehrt werden, bis sie hören, daß sich *die echten Götzenbilder nicht mehr an ihrem gewohnten Ort befinden*. Ihnen wird berichtet, man habe in der Dämmerung ungeschlachte Wesen gesehen – »Steine sollten am Abend nicht umhergehen« –, und als sie später zusammensitzen, um die Ankunft einer Truppe von Tänzern zu erwarten, fällt ihnen auf, daß die sich nähernden Schritte schwerer sind, als die guter Tänzer es sein dürften. Dann folgen bestimmte Dinge, und zum Schluß werden die vermessenen Gotteslästerer von eben den lebendig gewordenen Statuen, deren Heiligkeit sie verletzt haben, in grüne Jadestatuen verwandelt. Doch die bloße Handlung ist noch das geringste Verdienst dieses unglaublich wirkungsvollen Stückes. Die einzelnen Geschehnisse und ihre Entwicklung zeugen von höchster Meisterschaft, so daß das Ganze einen der wichtigsten Beiträge der Gegenwart nicht allein zur dramatischen Dichtung, sondern auch zur Literatur im allgemeinen darstellt. *A Night at an Inn* erzählt von vier Dieben, die das Smaragdauge des monströsen Hindugottes Klesh gestohlen haben. Sie locken die drei priesterlichen Rächer, die ihnen auf der Spur sind, in ihr Zimmer und ermorden sie, doch in der Nacht kommt Klesh selbst und sucht tastend nach seinem Auge; nachdem er es gefunden und das Zimmer wieder verlassen hat, ruft er die Räuber nacheinander in die Dunkelheit hinaus, um sie auf nicht näher beschriebene Weise zu bestrafen. *The Laughter of the Gods* handelt von einer dem Untergang geweihten Stadt am Rande des Dschungels und von einem geisterhaften Lautenspieler, den nur diejenigen hören können, die bald sterben werden (vgl. dazu Alices gespenstische Cembalomusik in Hawthornes *House of the Seven Gables*), während *The Queen's Enemies* auf eine von Herodot erzählte Anekdote zurückgreift, in der eine rachsüchtige Prinzessin ihre Feinde zu einem Bankett in einem unterirdischen Raum einlädt, in den sie dann den Nil strömen läßt, um sie zu ertränken.

Doch eine bloße Beschreibung – und sei sie noch so ausführlich – wird nie mehr als einen flüchtigen Eindruck des Zaubers vermitteln können, der Lord Dunsanys Werk erfüllt. Seine in allen Farben schillernden Städte und seine noch nie dagewesenen Riten werden mit einer Sicherheit geschildert, wie nur meisterhaftes Können sie hervorbringt, und wir haben das erregende Gefühl, an seinen Geheimnissen und Mysterien wirklich zu partizipieren. Für alle wahrhaft phantasievollen Menschen ist er ein Talisman und Schlüssel, der das Tor zu reichen Schatzkammern des Traums und bruchstückhafter Erinnerungen öffnet, so daß wir in ihm nicht nur einen Dichter sehen dürfen, sondern auch einen Autor, der jeden Leser ebenfalls zum Dichter werden läßt.

Eine Lord Dunsanys Genius diametral entgegengesetzte Position nimmt der gelehrte Montague Rhodes James ein, Rektor des Eton College, Altertumsforscher von hohen Graden und anerkannte Autorität auf dem Gebiet mittelalterlicher Handschriften und der Geschichte der Kathedralen, der die fast diabolische Gabe besitzt, das Grauen Schritt für Schritt mitten im prosaischen Alltagsleben entstehen zu lassen. Dr. James, der es seit langem liebt, in der Weihnachtszeit Gespenstergeschichten zu erzählen, ist nach und nach zu einem literarischen Phantasten allerersten Ranges geworden und hat einen charakteristischen Stil und eine unverwechselbare Methode entwickelt, die wahrscheinlich einer langen Reihe von Schülern als Vorbild dienen werden.

Die Kunst des Dr. James ist keineswegs ein Produkt des Zufalls, und im Vorwort zu einer seiner Storysammlungen hat er drei sehr vernünftige Regeln für das Verfassen von Grusellliteratur formuliert. Eine Gespenstergeschichte, so meint er, sollte im vertrauten Ambiente der neueren Zeit angesiedelt sein, um dem Erfahrungsbereich des Lesers sehr nahezukommen. Außerdem sollten die Geistererscheinungen eher bösartig als freundlich sein, da die Gemütsbewegung, die in erster Linie hervorgerufen werden soll, *Angst* ist. Und schließlich sollte der fachspezifische Jargon des Okkultismus oder der Pseudowissenschaft sorgfältig vermieden werden, damit der Zauber des natürlich und echt Wirkenden nicht von einer Pedanterie erstickt wird, der jegliche Überzeugungskraft fehlt.

Dr. James, der das, was er predigt, auch praktiziert, geht seine Themen auf lockere Weise, oft im Plauderton an. Er läßt beim Leser die Illusion entstehen, alltäglichen Ereignissen beizuwohnen, in die er dann vorsichtig und allmählich seine übernatürlichen Phänomene einfügt, die immer wieder durch vertraute und prosaische Details entschärft und bisweilen mit ein oder zwei Brocken historischer Gelehrsamkeit gewürzt werden. Da er sich der engen Beziehung zwischen gegenwärtiger Unheimlichkeit und historisch gewachsener Tradition bewußt ist, verknüpft er seine Ereignisse meistens mit einer weit zurückliegenden Vorgeschichte, die ihm die Möglichkeit gibt, sehr gekonnt von seinem umfassenden Wissen über die Vergangenheit und von seiner Fähigkeit, mühelos und überzeugend eine archaische Diktion und das Kolorit früherer Zeiten nachzugestalten, Gebrauch zu machen. Gern und oft läßt James seine Erzählungen in irgendeiner jahrhundertealten Kathedrale spielen, die er mit all der Vertrautheit und Genauigkeit eines Spezialisten auf diesem Gebiet zu beschreiben vermag.

Häufig enthalten seine Geschichten verschmitzte humoristische Vignetten und kleine, lebensechte Genreporträts und -szenen, die in seinen geschickten Händen dazu dienen, den allgemeinen Effekt zu steigern statt zu zerstören, wozu die gleichen Komponenten bei einem Künstler geringeren Grades tendieren würden. Indem er einen neuen Typ von Gespenst erfunden hat, ist er beträchtlich von der konventionellen gotischen Tradition abgewichen, denn während die älteren, stereotypen Gespenster bleich und imposant waren und hauptsächlich optisch wahrgenommen wurden, ist das typische Jamessche Gespenst hager, zwergenhaft und haarig – ein kriechendes, höllisches Scheusal der Nacht, das zwischen Tier und Mensch steht – und wird gewöhnlich zunächst durch *Berührung* wahrgenommen, bevor man es *sieht*. Bisweilen ist das Gespenst von noch exzentrischerer Beschaffenheit und tritt als Flanellrolle mit spinnenartigen Augen oder als unsichtbares Wesen auf, das mit Hilfe von Bettzeug Gestalt annimmt und *ein Gesicht aus zerknittertem Leinen* hat. Es ist offenkundig, daß Dr. James über gute wissenschaftliche Kenntnisse auf dem Gebiet der menschlichen Nerven und Gefühle verfügt und genau weiß, wie er faktische Aussagen, bildliche Darstellungen und subtile Andeutungen verteilen muß, um bei seinen Lesern die größtmöglichen Wirkungen zu erzielen. Seine Stärke als Künstler liegt eher in der Schilderung von Ereignissen und im erzählerischen Aufbau als in der atmosphärischen Gestaltung, und er spricht die Emotionen öfter durch den Verstand an als direkt. Diese

Methode, der es gelegentlich an einer deutlich erkennbaren Klimax mangelt, hat natürlich ihre Vor- und Nachteile, und viele Leser werden die durchgehende atmosphärische Spannung vermissen, die Autoren wie Machen sorgfältig aus Worten und Szenen aufbauen. Doch nur wenigen von James' Erzählungen läßt sich der Vorwurf machen, lahm zu sein. Im allgemeinen reicht die lakonische, geschickt angeordnete Entfaltung übernatürlicher Geschehnisse vollauf, um den gewünschten Effekt wachsenden Grauens hervorzubringen.

Dr. James' Kurzgeschichten liegen in vier schmalen Sammelbänden vor, die je folgenden Titel tragen: *Ghost-Stories of an Antiquary, More Ghost Stories of an Antiquary, A Thin Ghost and Others* und *A Warning to the Curious*. Außerdem gibt es noch ein entzückendes Jugendbuch, *The Five Jars*, eine Phantasie, die ebenfalls ihre gruseligen Momente hat. Angesichts dieser Fülle von Material ist es schwer, eine Lieblingsgeschichte oder eine besonders typische Erzählung auszuwählen, obwohl zweifellos jeder Leser, seinem Temperament entsprechend, die eine oder andere bevorzugen wird.

»Count Magnus« ist sicherlich eine von James' besten Geschichten, stellt sie doch eine veritable Goldgrube an Spannung und Suggestivität dar. Mr. Wraxall, ein englischer Reisender, hält sich um die Mitte des neunzehnten Jahrhunderts in Schweden auf, um Material für ein Buch zu sammeln. Er beginnt, sich für die alte Familie De la Gardie zu interessieren, die in der Nähe des Dorfes Råbäck ansässig ist, und nimmt Einsicht in das Familienarchiv. Besonders fasziniert ihn der Erbauer des gegenwärtigen Herrenhauses, ein gewisser Graf Magnus, von dem man im Flüsterton seltsame und schreckliche Dinge erzählt. Der Graf, der im frühen siebzehnten Jahrhundert lebte, war ein strenger Gutsherr und berüchtigt wegen seiner Härte gegenüber Wilderern und säumigen Pächtern. Seine grausamen Bestrafungen waren sprichwörtlich, und es gingen finstere Gerüchte um, daß er über Kräfte verfügte, die sogar noch nach seiner Bestattung in dem großen Mausoleum, das er neben der Kirche errichten ließ, am Werk waren – wie im Falle der beiden Bauern, die ein Jahrhundert nach seinem Tod eines Nachts in seinem Gehege auf die Jagd gingen. Gräßliche Schreie ertönten im Wald, und vom Grab des Grafen her waren ein abscheuliches Gelächter und das Zufallen einer schweren Tür zu hören. Am folgenden Morgen fand der Pfarrer die beiden Männer, der eine wahnsinnig, der andere tot, wobei letzterem das Fleisch seines Gesichtes von den Knochen gesaugt worden war.

Mr. Wraxall hört alle diese Geschichten und stößt außerdem auf wesentlich zurückhaltendere Anspielungen auf eine *Schwarze Wallfahrt*, die der Graf einst unternommen hat, eine Wallfahrt nach Chorassin in Palästina, eine jener Städte, die Jesus in der Bibel verdammt, und in der, wie alte Priester behaupten, der Antichrist zur Welt kommen soll. Niemand wagt zu sagen, was genau es mit dieser Schwarzen Wallfahrt auf sich hatte oder was für ein seltsames Wesen oder Ding der Graf als Gefährten von dort mitbrachte. Unterdessen wächst Mr. Wraxalls Verlangen, das Mausoleum des Grafen Magnus zu erforschen, und schließlich bekommt er die Erlaubnis, dies in Begleitung eines Diakons zu tun. Er findet dort verschiedene Grabmäler sowie drei Kupfersarkophage vor, einer davon der des Grafen. Die Wände des letzteren weisen mehrere Friese mit eingravierten Szenen auf, darunter die einzigartige und gräßliche Darstellung einer Verfolgungsjagd – in wilder Flucht stürzt ein Mann zwischen Bäumen davon, der von einer untersetzten, vermummten Gestalt verfolgt wird, von der ein Tentakel, ähnlich dem des Teufelsfisches, ausgeht; dieser Vorgang wird von einem großen, in einen Mantel gehüllten Mann beobachtet, der auf einem in der Nähe befindlichen Hügel steht. Der Sarkophag hat drei massive Vorhängeschlösser aus Stahl, von denen eines geöffnet auf dem Boden liegt, was den Reisenden an ein metallisches Klirren erinnert, das er am Tag zuvor gehört hat, als er am Mausoleum vorüberging und den müßigen Wunsch äußerte, Graf Magnus zu begegnen.

Da seine Faszination noch zugenommen hat und ihm der Schlüssel zur Verfügung steht, stattet Mr. Wraxall dem Mausoleum einen zweiten Besuch ab, diesmal allein, und stellt fest, daß ein weiteres Vorhängeschloß aufgegangen ist und auf dem Boden liegt. Am nächsten Tag, seinem letzten in Råbäck, geht er abermals allein ins Mausoleum, um sich von dem seit langem toten Grafen zu verabschieden. In dem Moment, da er, wie unter einem merkwürdigen Zwang stehend, erneut den grillenhaften Wunsch äußert, dem begrabenen Edelmann zu begegnen, fällt das letzte Schloß des großen Sarkophags geräuschvoll zu Boden, und er hört einen Laut wie von knarrenden Scharnieren. Dann scheint sich der ungeheure Deckel des Sarkophags sehr langsam zu heben, und Mr. Wraxall flieht in panischer Angst, ohne die Tür des Mausoleums wieder zu verschließen.

Während seiner Rückfahrt nach England empfindet der Protagonist ein seltsames Unbehagen hinsichtlich der Mitpassagiere auf dem Kanaldampfer, den er im ersten Abschnitt seiner Reise benutzt. In Mäntel gehüllte Gestalten machen ihn nervös, und er hat das Gefühl, beobachtet und verfolgt zu werden. Von den achtundzwanzig Personen, die er zählt, erscheinen nur sechsundzwanzig zu den Mahlzeiten, und die beiden, die fehlen, sind immer ein großer, in einen Mantel gehüllter Mann und eine kleinere, vermummte Gestalt. Nachdem Mr. Wraxall in Harwich an Land gegangen ist, mietet er eine geschlossene Droschke und ergreift offen die Flucht, sieht jedoch unterwegs zwei in Mäntel gehüllte Gestalten an einer Kreuzung stehen. Schließlich nimmt er in einem Dorf in einem kleinen Haus Quartier und verbringt die Zeit mit Aufzeichnungen, in denen er seiner Verzweiflung Ausdruck gibt. Am übernächsten Morgen wird er tot aufgefunden, und während der gerichtlichen Untersuchung fallen sieben Mitglieder der Kommission beim Anblick der Leiche in Ohnmacht. Das Haus, in dem er logiert hat, bleibt fortan unbewohnt, und als es ein halbes Jahrhundert später abgerissen wird, entdeckt man in einem vergessenen Schrank sein Manuskript.

In »The Treasure of Abbot Thomas« entschlüsselt ein britischer Altertumsforscher einen chiffrierten Text auf einem bemalten, aus der Renaissance stammenden Kirchenfenster und entdeckt dadurch einen jahrhundertealten Goldschatz, der in einer Nische in halber Tiefe eines Brunnens verborgen ist, welcher sich im Hof einer deutschen Abtei befindet. Doch der gerissene Abt, der das Gold versteckt hat, hat einen Schatzwächter eingesetzt, und in dem dunklen Brunnenschacht schlingt etwas seine Arme auf eine Weise um den Hals des Suchers, daß man die Aktion abbricht und nach einem Pfarrer schickt. In allen darauffolgenden Nächten hat der Schatzsucher das Gefühl, von etwas oder jemand belauert zu werden, und er nimmt einen entsetzlichen Modergeruch wahr, der von draußen durch die Tür seines Hotelzimmers dringt, bis schließlich der Pfarrer bei Tage die Öffnung der Schatzhöhle im Brunnen wieder mit dem Stein verschließt, den man dort herausgebrochen hat – aus dieser Höhle aber war in der Dunkelheit etwas gekommen, um Rache dafür zu üben, daß man sich am Gold des alten Abtes Thomas zu schaffen gemacht hat. Als er seine Arbeit beendet hat, bemerkt der Geistliche an der alten Brunneneinfassung eine sonderbare, krötenartige Skulptur mit dem lateinischen Motto »*Depositum custodi* – behüte, was dir anvertraut ward«.

Weitere bemerkenswerte Erzählungen von James sind »The Stalls of Barchester Cathedral«, in der eine groteske Schnitzerei auf sonderbare Weise zum Leben erwacht, um die heimliche und raffinierte Ermordung eines alten Diakons durch seinen ehrgeizigen Nachfolger zu rächen; »›Oh, Whistle, and I'll Come to You, My Lad‹«, die von dem grauenhaften Wesen erzählt, das von einer seltsamen Metallpfeife herbeigerufen wird, die der Protagonist in der Ruine einer mittelalterlichen Kirche gefunden hat; und »An Episode of Cathedral History«, wo der Abriß einer Kirchenkanzel ein uraltes Grab freilegt, in dem ein Dämon lauert, der Panik und Krankheit verbreitet. Sind seine Geschichten auch mit leichter Hand ausgeführt, so vermag Dr. James es doch, Entsetzliches und Gräßliches in ihren schockierendsten Formen darzustellen, und zweifellos wird er sich in seinem düsteren Fach als einer der wenigen wirklich schöpferischen Meister behaupten.

Denjenigen, die an Spekulationen über die Zukunft Gefallen finden, bietet die Literatur des übernatürlichen Grauens ein interessantes Betätigungsfeld. Ist sie nämlich einerseits dem Druck einer immer höher schlagenden Welle von schwerfälligem Realismus, zynischer Schnodderigkeit und blasierter Illusionslosigkeit ausgesetzt, so wird sie doch andererseits durch eine parallel verlaufende, zunehmend stärker werdende mystische Strömung gefördert, die sowohl als matte Reaktion von Okkultisten und religiösen Fundamentalisten auf materialistische Entdeckungen entstanden ist, als auch dadurch, daß die erweiterten Horizonte und die durchbrochenen Schranken, die uns die moderne Wissenschaft mit ihrer interatomaren Chemie, ihrer fortschreitenden Astrophysik, ihren Relativitätslehren und ihren tiefgehenden Untersuchungen zur Biologie und zum menschlichen Denken beschert hat, unser Staunen und unsere Phantasie stimuliert haben. Zum gegenwärtigen Zeitpunkt scheinen die fördernden Kräfte ein gewisses Übergewicht zu haben, denn zweifelsohne wird der unheimlich-übernatürlichen Literatur jetzt mehr Enthusiasmus entgegengebracht als vor dreißig Jahren, da die besten Werke Arthur Machens auf den steinigen Boden der smarten und snobistischen neunziger Jahre fielen. Ambrose Bierce, der zu seiner Zeit nahezu unbekannt war, hat jetzt so etwas wie allgemeine Anerkennung gefunden.

Überraschende Veränderungen sind jedoch weder in der einen noch in der anderen Richtung zu erwarten. Auf jeden Fall wird ein annäherndes Gleichgewicht der Tendenzen bestehen bleiben, und während wir zu Recht mit einer weiteren Verfeinerung der Erzähltechnik rechnen können, haben wir keinen Grund zu der Annahme, daß die allgemeine Stellung des Gespenstischen in der Literatur sich ändern wird. Es ist ein schmaler, wenn auch wesentlicher Bereich menschlicher Artikulation und wird hauptsächlich – wie schon immer – bei einem begrenzten Publikum mit besonders ausgeprägter Sensibilität Anklang finden. Welches universelle Meisterwerk in der Zukunft auch aus Phantasmen oder Schrecken geschaffen werden mag, es wird seine Anerkennung eher überragendem handwerklichen Können als einem ansprechenden Thema verdanken. Doch wer wird das düstere Thema zum tatsächlichen Handikap erklären wollen? Strahlend vor Schönheit, war der Kelch der Ptolemäer aus Onyx gefertigt.

Anhang

Literaturhinweise

William Beckford, *Vathek. Mit den Episoden*, Frankfurt am Main 1964
E. F. Benson, *Der Mann, der zu weit ging*, Frankfurt am Main 1994
Ambrose Bierce, *Werke in vier Bänden*, Zürich 1986-1989
Algernon Blackwood, *Besuch von Drüben*, Frankfurt am Main 1982
Algernon Blackwood, *Die gefiederte Seele*, Frankfurt am Main 1989
Algernon Blackwood, *Der Griff aus dem Dunkel*, Frankfurt am Main 1980
Algernon Blackwood, *Das leere Haus*, Frankfurt am Main 1972
Algernon Blackwood, *Rächendes Feuer*, Frankfurt am Main 1993
Algernon Blackwood, *DerTanz in den Tod*, Frankfurt am Main 1982
Charles Brockden Brown, *Arthur Mervyn*, Berlin 1992
Charles Brockden Brown, *Wieland*, München 1973
Edward Bulwer-Lytton, *Margrave. Die seltsame Geschichte eines schwarzen Magiers*, Lorch 1913
Edward Bulwer-Lytton, *Zanoni. Der Roman eines Rosenkreuzers*, Lorch o. J.
Robert W. Chambers, *Der gelbe Tod*, Bergisch Gladbach 1982
Walter de la Mare, *Aus der Tiefe*, Frankfurt am Main 1984
Arthur Conan Doyle, *Der Kapitän der Polestar*, Bergisch Gladbach 1983
Lord Dunsany, *Das Fenster zur anderen Welt*, Frankfurt am Main 1971
Erckmann-Chatrian, *Das Eulenohr und andere phantastische Erzählungen*, Frankfurt am Main 1984
Hanns Heinz Ewers, *Alraune*, Frankfurt am Main/Berlin 1993

Hanns Heinz Ewers, *Mein Begräbnis und andere seltsame Geschichten*, München 1917
Hanns Heinz Ewers, *Der Zauberlehrling*, München 1909
Théophile Gautier, *Avatar*, Frankfurt am Main 1985
Théophile Gautier, *Jettatura*, Hellerau bei Dresden 1925
Théophile Gautier, *Die Nacht der Kleopatra*, Hellerau bei Dresden 1926
William Godwin, *Die Abenteuer des Caleb Williams*, Rastatt 1988
Nathaniel Hawthorne, *Erzählungen*, München 1977
Nathaniel Hawthorne, *Das Haus der sieben Giebel*, Reinbek bei Hamburg 1988
Lafcadio Hearn, *Kwaidan*, Zürich 1973
William Hope Hodgson, *Geisterpiraten*, Frankfurt am Main 1987
William Hope Hodgson, *Das Haus an der Grenze*, Frankfurt am Main 1985
William Hope Hodgson, *Stimme in der Nacht*, Frankfurt am Main 1982
Montague Rhodes James, *Dreizehn Geistergeschichten*, Frankfurt am Main 1990
Montague Rhodes James, *Der Schatz des Abtes Thomas*, Frankfurt am Main 1979
Rudyard Kipling, *Unheimliche Geschichten*, Frankfurt am Main 1991
Matthew Gregory Lewis, *Der Mönch*, Frankfurt am Main 1986
Arthur Machen, *Botschafter des Bösen*, München/Zürich 1993
Arthur Machen, *Furcht und Schrecken*, München/Zürich 1993
Arthur Machen, *Der Große Pan*, München/Zürich 1994
Arthur Machen, *Die weißen Gestalten*, München/Zürich 1993
Richard Marsh, *Der Isiskäfer*, Berlin 1927
Charles Robert Maturin, *Melmoth der Wanderer*, Frankfurt am Main/Leipzig 1991
Guy de Maupassant, *Die Totenhand und andere phantastische Erzählungen*, Frankfurt am Main 1985

Wilhelm Meinhold, *Die Bernsteinhexe*, Potsdam o.J.
Prosper Mérimée, *Die Venus von Ille und andere Novellen*, Frankfurt am Main 1981
Gustav Meyrink, *Der Golem*, München/Wien 1972
Edgar Allan Poe, *Die denkwürdigen Erlebnisse des Artur Gordon Pym*, Frankfurt am Main/Berlin/Wien 1982
Edgar Allan Poe, *Erzählungen*, 2 Bde., Wiesbaden o.J.
Ann Radcliffe, *Der Italiäner*, München 1973
Mary Shelley, *Frankenstein*, Frankfurt am Main 1988
Clark Ashton Smith, *Das Haupt der Medusa*, Frankfurt am Main 1988
Clark Ashton Smith, *Planet der Toten*, Frankfurt am Main 1983
Clark Ashton Smith, *Saat aus dem Grabe*, Frankfurt am Main 1982
Bram Stoker, *Dracula*, Frankfurt am Main 1988
Bram Stoker, *Das Schloß der Schlange*, Bergisch Gladbach o.J.
Bram Stoker, *Die sieben Finger des Todes*, Bergisch Gladbach 1981
Jean-Marie Villiers de l'Isle-Adam, *Grausame Geschichten*, Frankfurt am Main 1985
Horace Russell Wakefield, *Der Triumph des Todes*, Frankfurt am Main 1986
Horace Walpole, *Die Burg von Otranto*, Frankfurt am Main 1988
Oscar Wilde, *Das Bildnis des Dorian Gray*, Frankfurt am Main 1985

Personen- und Werkregister

»Adventure of the German Student, The« 18, 45
Adventures of Ferdinand, Count Fathom, The 20
»A. E.«, *siehe* Russell, George William
Aikin, Miss, *siehe* Barbauld, Mrs. Anne L.
Ainsworth, William Harrison 45
Albertus Magnus 16
Alciphron 45
»All-Hallows« 100
Alraune 55
Altes Testament 59
»Ambitious Guest, The« 76
»Ancestral Footstep, The« 76
»Ancient Sorceries« (»... à cause du sommeil et à cause des chats«) 124
»›And He Shall Sing...‹« (»Und er wird singen...«) 101
»An-Ski«, *siehe* Rappoport, Salomo
Apollonius von Tyana 49
»Apparition« (»Erscheinung«) 57
»Apparation of Mrs. Veal, The« 19
Apuleius 17
»Araignée crabe, L'« (»Die Krabbenspinne«) 58
Arthur Mervyn 30
Austen, Jane 32
»Avatar« 55

»Bad Lands, The« 102
Balzac, Honoré de 34, 55
Barbauld, Mrs. Anne L. 25, 26
Baring-Gould, Sabine 17
Barrett, Francis 42
Barrie, J. M. 100, 102
Baudelaire, Charles Pierre 34, 56, 64, 70
Beckford, William 39-41
Beetle, The (*Der Isiskäfer*) 97
Benson, E. F. 101
Beowulf 18
Bernsteinhexe, Die 54-55
Bierce, Ambrose 81-86, 89, 137
Birkhead, Edith 38
Biss, Gerald 98
Blackwood, Algernon 103, 106, 121-125
Blake, William 21
»Blind Man's Buff« (»Blindekuh«) 101
Boats of the »Glen Carrig«, The (*Die Boote der »Glen Carrig«*) 103-104, 105

»Body Snatcher, The« 49
Book of Wonder, The 127
»Bowman, The« 121
»Braut von Korinth, Die« 18
Brontë, Emily 50-51
Brood of the Witch-Queen 97
Brown, Charles Brockden 29-30, 72
Browning, Robert 11, 107
Buchan, John 98-99
Buch Henoch, Das 14
Bürger, Gottfried August 21
Bulwer-Lytton, Edward George 42, 46-49
Burns, Robert 21
Byron, George Gordon, Lord 34, 43

Cagliostro 42
»Cairn, The« (»Der Steinhaufen«) 101
Caleb Williams (*Die Abenteuer des Caleb Williams*) 41-42
»Camp of the Dog, The« 125
Can Such Things Be? 86
»Captain of the ›Pole-Star‹, The« (»Der Kapitän der ›Polestar‹«) 102
Carleton, William 107
Carnacki, the Ghost-Finder 106
Castle of Otranto, The (*Die Burg von Otranto*) 22-24, 26
Castles of Athlin and Dunbayne, The 28
Castle Spectre, The 32
Celestial Omnibus, The 102
Centaur, The 125
Chambers, Robert W. 88-90
»›Childe Roland to the Dark Tower Came‹« 11, 107
Children of the Abbey, The 39
»Christabel« 21
Chronicle of Clemendy, The 110
Claviculae 14
Cline, Leonard 91-92
Cobb, Irvin S. 90-91
Cold Harbour 98
Coleridge, Samuel Taylor 21
Collins, Wilkie 49
Colum, Padraic 108
Conrad, Joseph 107
Constant, Alphonse-Louis (Pseud. Eliphas Lévi) 49
Cooper, Frederic Taber 83
»Count Magnus« (»›Liber nigrae peregrinationis‹«) 132-135
Cram, Ralph Adams 90
Crawford, F. Marion 11, 87
Croker, T. Crofton 107

Dacre. Miss Charlotte 39
»Damned Thing, The« (»Das verdammte Ding«) 83
Dante Alighieri 18
Dark Chamber, The 91-92
»Dead Smile, The« 87
»Dead Valley, The« 90
»Death of Halpin Frayser, The« (»Halpin Fraysers Tod«) 82, 83
Dee, Dr. John 16
Defoe, Daniel 19
De la Mare, Walter 99-100
De Quincey, Thomas 45
»Diamond Lens, The« 81
Dibbuk, Der 60
Dickens, Charles 11, 45-46
Dr. Faustus 19
Dr. Grimshawe's Secret 75, 76
Dolliver Romance, The 76
Door of the Unreal, The 97
Double Shadow and Other Fantasies, The 93
Doyle, Arthur Conan 49, 101, 102
Dracula 97
Drake, H. B. 99
Dreamer's Tales, A 127
Du Maurier, George 88
Dunsany, Lord 68, 125-129
Edgar Huntly 29
»Edward Randolph's Portrait« 76
Elsie Venner 11, 86
Elixir of Life, The 99
Epicurean, The 45
»Episode in a Lodging House, An« (»Ein gewisser Smith«) 123
»Episode of Cathedral History, An« (»›Ibi cubavit Lamia‹«) 136
Episodes of Vathek, The 41
Erckmann-Chatrian (Erckmann, Emile und Chatrian, Alexandre) 58
»Ethan Brand« 76
Everett, Mrs. H. D. 102
Ewers, Hanns Heinz 55

»Face, The« 101
»Facts in the Case of M. Valdemar, The« (»Der Fall Valdemar«) 67
»Fall of the House of Usher, The« (»Der Untergang des Hauses Usher«) 69-70, 96
Fantastics 95
Fatal Revenge, The 33
Faust 21
Faust and the Demon 42
»Finest Story in the World, The« (»›Die beste Geschichte der Welt‹«) 94
»Fishhead« 90
Five Jars, The 132

Flaubert, Gustave 56, 95
Fludd, Robert 16
»For the Blood Is the Life« 87
Forster, E. M. 102
»Fou, Un« (»Ein Irrsinniger«) 58
Fouqué, Friedrich de la Motte 52-54
Frankenstein 42-44

Gaston de Bondeville 28
Gautier, Théophile 55-56, 95
Genius, Der 39
»Ghost of Fear, The« 101
Ghost Pirates, The (*Geisterpiraten*) 104-105
Ghost-Stories of an Antiquary 132
Gilman, Charlotte Perkins 11, 90
Gods of the Mountain, The 127-128
Godwin, William 41-42
Goethe, Johann Wolfgang von 18, 21, 34
Golem, Der 60
Gorman, Herbert S. 92
»Great God Pan, The« (»Der Große Pan«) 112-114, 116
Great Return, The 121
»Green Wildebeest, The« 98
Gregory, Lady Augusta 108
Grosse, Marquis von 39
Haggard, H. Rider 49
Hall, Leland 92
Hamlet 19
Han d'Islande 55
Hartley, L. P. 102
»Hashish-Eater, The« 93
Hawthorne, Nathaniel 73-80, 81, 128
Hearn, Lafcadio 94-95
»›He Cometh and He Passeth By‹« (»Er kommt und gehet vorüber«) 101
Hill of Dreams, The 110
History of the Caliph Vathek, The (*Vathek*) 39-41
Hodgson, William Hope 103-106
Hoffmann, Ernst Theodor Wilhelm 52, 66
Hogg, James 21
Holmes, Oliver Wendell 11, 86
»Horla, Le« (»Der Horla«) 57, 81
»Horreur« 58
»Horror-Horn, The« (»Das Ungeheuerhorn«) 101
»House and the Brain, The«/»The Haunted and the Haunters« 46
»House of Sounds, The« 96
House of the Seven Gables, The (*Das Haus der sieben Giebel*) 77-80, 128

House on the Borderland, The (*Das Haus an der Grenze*) 104
Housman, Clemence 99
Hugo, Victor 55
Hugues le loup 58
Huysmans, Joris-Karl 56
Hyde, Douglas 107

Incredible Adventures 123
In Search of the Unknown 89
In the Midst of Life 86
Iron Chest, The 42
Irving, Washington 18, 44-45, 72
Italian, The (*Der Italiäner*) 28

Jacobs, W. W. 11
James, Henry 11, 86-87
James, Montague Rhodes 129-136
Jewel of Seven Stars, The (*Die sieben Finger des Todes*) 97
Jimbo 125
John Silence – Physician Extraordinary 124-125

Keats, John 21
»Kilmeny« 21
King in Yellow, The (*Der gelbe Tod*) 88-89
Kipling, Rudyard 94
Kwaidan 95

Lair of the White Worm, The (*Das Schloß der Schlange*) 97
»Lamia« 21
Last Man, The 44
Laughter of the Gods, The 128
Lawrence, D. H. 76
Lee, Mrs. Sophia 26
LeFanu, Joseph Sheridan 49
Legends of the Province House 76
»Lenore« 21
Letters on Demonology and Witchcraft 44
Level, Maurice 59
»Lévi, Eliphas«, *siehe* Constant, Alphonse-Louis
Lewis, Matthew Gregory 30-32, 34, 38
Life and Letters of William Beckford, The 41
»Ligeia« 69
Lilith 99
»Listener, The« (»Der Horcher«) 123
»Listeners, The« 100
Long, Frank Belknap 111
»›Look Up There!‹« (»Schau doch nach oben!«) 101
»Lot No. 249« 102
Louis Lambert 55
»Loup, Le« (»Der Wolf«) 58
Loveman, Samuel 82
»Lui?« (»Er?«) 57

»Lukundoo« 92
Lullus, Raimundus 16

Macbeth 19
Macdonald, George 99
Machen, Arthur 110-121, 132, 137
Magus, The 42
Maker of Moons, The 89
Malory, Thomas 18
»Man of the Crowd, The« (»Der Mann in der Menge«) 68
»Man Who Went Too Far, The« (»Der Mann, der zu weit ging«) 101
Marble Faun, The 75-76
»Markheim« 49
»Mark of the Beast, The« (»Das Brandmal der Bestie«) 94
Marryat, Captain Frederick 45
Marsh, Richard 97
»Masque of the Red Death, The« (»Die Maske des Roten Todes«) 69
Maturin, Charles Robert 33-38
Maupassant, Guy de 57-58, 81, 82
Meinhold, Wilhelm 54-55
»Melmoth reconcilié« 34
Melmoth the Wanderer (*Melmoth der Wanderer*) 33-38
Melville, Lewis 41
Mérimée, Prosper 21, 57
Metcalfe, John 102
»Metzengerstein« 67
Meyrink, Gustav 60
»Middle Toe of the Right Foot, The« (»Der mittlere Zeh des rechten Fußes«) 84-85
»Minister's Black Veil, The« (»Des Pfarrers schwarzer Schleier«) 76
»Mr. Kempe« 100
»Mrs. Lunt« 102
Molière 34
»Money-Diggers, The« 45
Monk, The (*Der Mönch*) 30-32, 38
»Monkey's Paw, The« 11
Moore, Thomas 21, 45, 57
More Ghost Stories of an Antiquary 132
More, Paul Elmer 72
»Morte amoureuse, La« (»Der Vampir«) 55
Mort d'Arthur, Le 18
»MS. Found in a Bottle« (»Die Flaschenpost«) 66
Mysteries of Udolpho, The 28-29, 38

Narrative of A. Gordon Pym, The (*Die denkwürdigen Erlebnisse des Artur Gordon Pym*) 67
»Negotium Perambulans« 101

»Nemesis of Fire, The« (»Rächendes Feuer«) 124-125
Night at an Inn, A 128
Night Land, The 105-106
Northanger Abbey 32
Nostradamus 32
»Novel of the Black Seal, The« (»Roman vom Schwarzen Siegel«) 116-119
»Novel of the White Powder, The« (»Roman vom weißen Pulver«) 119-120
»Nuit de Cléopatre, Une« (»Die Nacht der Kleopatra«) 56

O'Brien, Fitz-James 57, 80-81
»Oeil invisible, L'« (»Das unsichtbare Auge«) 58
»›Oh, Whistle, and I'll Come to You, My Lad‹« (»›Pfeife, und ich komme zu dir, mein Freund!‹«) 136
Old English Baron, The 26
»On Reading Arthur Machen« 111-112
»Oreille de la chouette, L'« (»Das Eulenohr«) 58
Ormond 29
Ossian 21
Others Who Return 101
»Out of the Deep« (»Aus der Tiefe«) 100

Paracelsus, Philippus Aureolus 52
Peau de chagrin, La (*Die tödlichen Wünsche*) 55
Petronius 17
»Phantom Rickshaw, The« (»Die Gespenster-Rikscha) 94
Phantom Ship, The 45
»Philinnion und Machates« 18
Phlegon 17, 18
Picture of Dorian Gray, The (*Das Bildnis des Dorian Gray*) 95-96
»Pied de momie, Le« (»Der Mumienfuß«) 55
Place Called Dagon, The 92
Plinius der Jüngere 17
Poe, Edgar Allan 24, 56, 61-72, 73, 74, 79, 80, 81, 82, 86, 96, 126
Polidori, John William 43, 44
Prest, Thomas Preskett 49
Proklos 18
»Psychical Invasion, A« (»Griff nach der Seele«) 124
Purple Cloud, The 96-97

Queen's Enemies, The 128-129
»Qui sait?« (»Wer weiß?«) 57

Radcliffe, Mrs. Ann 27-29, 31, 34, 38, 72
Ransome, Arthur 99
Rappoport, Salomo (Pseud. An-Ski) 60
Recess, The 26-27
»Recluse, A« (»Der Einsiedler«) 100
»Recrudescence of Imray, The« (»Imrays Wiederkehr«) 94
Redgauntlet 44
»Red Hand, The« (»Die rote Hand«) 120
»Red Lodge, The« (»Die Rote Villa«) 101
Reeve, Clara 26
Return, The 99
Reynolds, George W. M. 42
»Rime of the Ancient Mariner, The« 21
»Ring, The« 21, 57
Roche, Mrs. Regina M. 39
»Rohmer, Sax«, *siehe* Ward, Arthur Sarsfield
Romance of the Forest, The 28
Rossetti, Dante Gabriel 34
Russell, George William (Pseud. A. E.) 108

St. Irvyne 39
St. Leon 41
Saintsbury, George 38
Scott, Sir Walter 21, 34, 44
»Seaton's Aunt« (»Seatons Tante«) 99
»Secret Worship« (»Heimliche Anbetung«) 125
Septimius Felton 76
Séraphîta 55
»Seventeenth Hole at Duncaster, The« (»Das siebzehnte Loch in Duncaster«) 101
»Shadow – A Parable« (»Schatten«) 69
»Shadows on the Wall, The« 90
Shadowy Thing, The 99
She 49
Shelley, Mary Wollstonecraft 42-44
Shelley, Percy Bysshe 39, 43
Shiel, M. P. 96-97
»Shining Pyramid, The« (»Die leuchtende Pyramide«) 120
Sicilian Romance, A 28
»Signalman, The« 46
»Silence – A Fable« (»Schweigen«) 69
Sinclair, May 102
Sinister House 92
»Sir Bertrand« 25-26
»Skule Skerry« 99
Smith, Clark Ashton 92-93
Smoking Leg, The 102
Smollett, Tobias 20

»Snout, The« 92
»Song of the Sirens, The« 92
Spenser, Edmund 18
»Spinne, Die« 55
»Spook House, The« (»Das Geisterhaus«) 85
»Stalls of Barchester Cathedral, The« (»Das Chorgestühl zu Barchester«) 136
Stephens, James 108
Stevenson, Robert Louis 49, 116
Stoker, Bram 97
Strange Case of Dr. Jekyll and Mr. Hyde, The 49
Strange Story, A (*Margrave*) 47-49
»Suitable Surroundings, The« (»Die angemessene Umgebung«) 83
»Sur l'eau« (»Auf dem Wasser«) 58
Synge, J. M. 108

Tales of a Traveller 45
Tales of Terror 32
Tales of Wonder 32
»Tam o'Shanter« 21
Tanglewood Tales 75
»Tapestried Chamber, The« 44
Tausendundeine Nacht 39
Tentation de saint Antoine, La 56, 95
Terror, The (*Furcht und Schrecken*) 121
Tackeray, William Makepeace 34
They Return at Evening 101
Thin Ghost and Others, A 132
Thirty Strange Stories 101
Three Impostors, The (*Botschafter des Bösen*) 116-120
»Torture par l'espérance, La« (»Die Marter der Hoffnung«) 58
»Treasure of Abbot Thomas, The« (»Der Schatz des Abtes Thomas«) 135-136
»Tree, The« (»Der Baum«) 100
Trilby 88
Trithemius 16
Turn of the Screw, The 11, 86-87

Über wundersame Ereignisse 18
Uncanny Stories 102
Undine 52-54
»Upper, Berth, The« 11, 87

Vampyre, The 44
Varney, the Vampyre 49
»Vénus d'Ille, La« (»Die Venus von Ille«) 21, 57
Villiers de l'Isle-Adam, Jean 58
Visible and Invisible 101

»Visitor from Down Under, A« 102

Wagner, the Wehr-wolf 42
Wakefield, H. Russel 101
Walpole, Horace 22-24, 25, 26, 27, 39, 41
Walpole, Hugh 102
Wandering Ghosts 87
»Wandering Willie's Tale« 44
Ward, Arthur Sarsfield (Pseud. Sax Rohmer) 97
Warning to the Curious, A 132
Webster, John 19
Wells, H. G. 49, 101
»Wendigo, The« (»Der Wendigo«) 123
»Werewolf, The« 45
»Were-wolf, The« 99
»What Was It?« 81
White, Edward Lucas 92
»White People, The« (»Die weißen Gestalten«) 114-116
Wieland 30
»Wilde Jäger, Der« 21
Wilde, Lady 107
Wilde, Oscar 35, 68, 95-96, 107
Wilkins(-Freeman), Mary E. 90
»Willows, The« (»Die Weiden«) 123
»Wind in the Portico, The« 98
Wind in the Rose-Bush, The 90
Witch Wood 98
Wonder Book, A 75
Wuthering Heights 50-51

»Xélucha« 96

Yeats, William Butler 107, 108
»Yellow Sign, The« (»Das gelbe Zeichen«) 88
»Yellow Wall Paper, The« 11, 90
Young, Francis Brett 98

Zanoni 46-47
Zastrozzi 39
Zauberlehrling, Der 55
Zofloya 39

Phantastische Bibliothek in den suhrkamp taschenbüchern

»Phantastische Bibliothek« – das ist Verzauberung der Phantasie, keine Betäubung der Sinne, sondern Öffnen der Augen als Blick über den nächsten Horizont ins Hypothetisch-Virtuelle. Das Zukünftige verbindet sich mit dem Zeitlosen, rationales Kalkül steht neben poetischer Vision, denkbare Wirklichkeit und analytischer Blick in menschliche Abgründe neben Wunsch- und Alptraum. Anregend und unterhaltsam ist es immer.

Bädekerl: Die Frau der Träume. PhB 273. st 1829
Ballard: Die Betoninsel. PhB 283. st 1953
– Die Dürre. PhB 116. st 975
– Hallo Amerika! PhB 95. st 895
– Hochhaus. PhB 288. st 1559
– Das Katastrophengebiet. PhB 103. st 924
– Kristallwelt. PhB 75. st 818
– Der vierdimensionale Alptraum. PhB 127. st 1014
Bergengruen: Der Basilisk. PhB 205. st 1499
– Das Gesetz des Atum. PhB 196. st 1441
Bester: Aller Glanz der Sterne. PhB 278. st 1955
– Die Hölle ist ewig. PhB 293. st 2517
Bioy Casares: Die fremde Dienerin. PhB 113. st 962
– Morels Erfindung. PhB 106. st 939
Blackwood: Das leere Haus. PhB 12. st 30
– Rächendes Feuer. PhB 301. st 2227
– Der Tanz in den Tod. PhB 83. st 848
Blaß sei mein Gesicht. PhB 267. st 1799
Boye: Kallocain. PhB 303. st 2260
Braun / Braun: Der Irrtum des großen Zauberers. PhB 74. st 807
– Professor Mittelzwercks Geschöpfe. PhB 269. st 1813
Buzzati: Die Maschine des Aldo Christofari. PhB 157. st 1175
Čapek: Das Absolutum oder Die Gottesfabrik. PhB 84. st 1712
Carroll: Ein Kind am Himmel. PhB 286. st 1969
– Das Land des Lachens. PhB 170. st 1954
– Die panische Hand. PhB 233. st 1635
– Das Tal der Träume. PhB 197. st 1442
Derleth: Auf Cthulhus Spur. PhB 211. st 1526
Lord Dunsany: Das Fenster zur anderen Welt. PhB 161. st 1189
Eliade: Die drei Grazien. PhB 302. st 2234
– Fräulein Christine. PhB 289. st 1518
Die Ermordung des Drachen. PhB 203. st 1481
Franke: Der Atem der Sonne. PhB 174. st 1265
– Der Elfenbeinturm. PhB 279. st 1926
– Endzeit. PhB 150. st 1153
– Das Gedankennetz. PhB 266. st 1792

252/1/7.93

Phantastische Bibliothek in den suhrkamp taschenbüchern

Franke: Die Glasfalle. PhB 295. st 2169
– Der grüne Komet. PhB 231. st 1628
– Schule für Übermenschen. PhB 58. st 730
– Sirius Transit. PhB 30. st 535
– Tod eines Unsterblichen. PhB 69. st 772
– Transpluto. PhB 82. st 841
– Ypsilon minus. PhB 3. st 358
– Zarathustra kehrt zurück. PhB 9. st 410
– Zentrum der Milchstraße. PhB 244. st 1695
– Zone Null. PhB 35. st 585
Grin: Wogengleiter. PhB 274. st 1830
Der Insektenmann. PhB 240. st 1666
Irwin: Der arabische Nachtmahr. PhB 304. st 2266
Ist Gott ein Taoist? Und andere Rätsel. PhB 162. st 1214
James: Dreizehn Geistergeschichten. PhB 247. st 1705
Kellermann: Der Tunnel. PhB 179. st 1283
Künstliche Menschen. PhB 308. st 2293
Lem: Also sprach GOLEM. PhB 175. st 1266
– Altruizin und andere kybernetische Beglückungen. PhB 163. st 1215
– Die Astronauten. PhB 16. st 441
– Frieden auf Erden. PhB 220. st 1574
– Imaginäre Größe. PhB 47 . st 658
– Irrläufer. PhB 285. st 1890
– Die Jagd. PhB 18. st 302
– Das Katastrophenprinzip. PhB 125. st 999
– Lokaltermin. PhB 200. st 1455
– Mehr phantastische Erzählungen des Stanisław Lem. PhB 232. st 1636
– Memoiren, gefunden in der Badewanne. PhB 25. st 508
– Der Mensch vom Mars. PhB 291. st 2145
– Eine Minute der Menschheit. PhB 110. st 955
– Mondnacht. PhB 57. st 729
– Nacht und Schimmel. PhB 1. st 356
– Phantastik und Futurologie I. PhB 122. st 996
– Die phantastischen Erzählungen. PhB 210. st 1525
– Die Ratte im Labyrinth. PhB 73. st 806
– Robotermärchen. PhB 85. st 856
– Der Schnupfen. PhB 33. st 570
– Sterntagebücher. PhB 20. st 459
– Die Stimme des Herrn. PhB 97. st 907
– Terminus und andere Geschichten des Piloten Pirx. PhB 61. st 740
– Die Untersuchung. PhB 14. st 435
– Vom Nutzen des Drachen. PhB 297. st 2199
– Waffensysteme des 21. Jahrhunderts. PhB 124. st 998
– Wie die Welt noch einmal davonkam. PhB 158. st 1181

252/2/7.93

Phantastische Bibliothek in den suhrkamp taschenbüchern

Lovecraft: Azathoth. PhB 230. st 1627
– Cthulhu. PhB 19. st 29
– Das Ding auf der Schwelle. PhB 2. st 357
– Der Fall Charles Dexter Ward. PhB 8. st 391
– Das Grauen im Museum. PhB 136. st 1067
– In der Gruft und andere makabre Erzählungen. PhB 71. st 779
– Die Katzen von Ulthar. PhB 43. st 625
– Lovecraft-Lesebuch. PhB 184. st 1306
– Der Schatten aus der Zeit. PhB 281. st 1939
– Stadt ohne Namen. PhB 52. st 694
– Die Traumsuche nach dem unbekannten Kadath. PhB 287. st 1556
Lovecraft / Derleth: Die dunkle Brüderschaft. PhB 173. st 1256
– Das Grauen an der Schwelle. PhB 307. st 2287
Der Einsiedler von Providence. PhB 290. st 1626
Morselli: Licht am Ende des Tunnels. PhB 298. st 2207
Pakleppa: Die Himmelsjäger. PhB 299. st 2214
Phantastische Aussichten. PhB 160. st 1188
Phantastische Welten. PhB 137. st 1068
Quiroga: Geschichten von Liebe, Irrsinn und Tod. PhB 248. st 1711
Ray: Malpertuis. PhB 165. st 1223
Der Riß am Himmel. PhB 296. st 2175
Rubiãõ: Der Feuerwerker Zacharias. PhB 292. st 2151
Schefner: Bescheidene Genies. PhB 246. st 1704
Die Sirene. PhB 253. st 1688
Smith: Herren im All. PhB 280. st 1932
Springer: Leonardos Dilemma. PhB 271. st 1821
Strugatzki / Strugatzki: Die bewohnte Insel. PhB 282. st 1946
– Die dritte Zivilisation. PhB 294. st 2163
– Der ferne Regenbogen. PhB 111. st 956
– Fluchtversuch. PhB 89. st 872
– Die gierigen Dinge des Jahrhunderts. PhB 79. st 827
– Die häßlichen Schwäne. PhB 177. st 1275
– Der Junge aus der Hölle. PhB 238. st 1658
– Eine Milliarde Jahre vor dem Weltuntergang. PhB 186. st 1338
– Mittag. 22. Jahrhundert. PhB 305. st 2272
– Montag beginnt am Samstag. PhB 72. st 780
– Picknick am Wegesrand. PhB 49. st 670
– Troika. PhB 300. st 2221
– Die Wellen ersticken den Wind. PhB 206. st 1598
– Die zweite Invasion der Marsianer. PhB 139. st 1081

252/3/7.93

Phantastische Bibliothek
in den suhrkamp taschenbüchern

Turner: Sommer im Treibhaus. PhB 272. st 1822

Von den Vampiren und Menschensaugern. PhB 306. st 2281

Wharton: Gespenstergeschichten. PhB 268. st 1806

Wyndham: Kuckuckskinder. PhB 277. st 1893

Zondergeld: Lexikon der phantastischen Literatur. PhB 91. st 880

252/4/7.93